Alfonse Daudet

Tartarin aus Tarascon

Verone

Alfonse Daudet

Tartarin aus Tarascon

1st Edition | ISBN: 978-9-92500-117-0

Place of Publication: Nikosia, Cyprus

Erscheinungsjahr: 2016

TP Verone Publishing House Ltd.

Reproduktion des Originals in Großdruckschrift.

Alfonse Daudet

Tartarin aus Tarascon

Verone

Alfonse Daudet

Tartarin aus Tarascon

Übersetzung von Ernst Weiß

Daudet:

In jedem Franzosen steckt ein Stückchen Tarascon

Erster Teil.

I. Der Garten mit dem Baobab

Niemals in meinem Leben werde ich meinen Besuch bei Tartarin aus Tarascon vergessen; es müssen zwölf oder fünfzehn Jahre her sein, aber ich erinnere mich dessen noch, als wäre es gestern gewesen. Damals wohnte Tartarin, der Mann ohne Furcht und Tadel, vor den Toren der Stadt, im dritten Hause linker Hand auf der Straße nach Avignon. Eine reizende kleine tarasconesische Villa mit Vorgarten; den Balkon hatte sie auf der Hofseite, die Mauern strahlten blendend weiß, die Fensterläden schimmerten grün, und auf den Treppenstufen aalten sich wie Spatzen in einem Nest kleine Savoyardenjungen, die Mühle spielten oder in der schönen Sonne schliefen, den Kopf auf ihren Schuhputzkästen.

Von außen sah das Haus aus wie jedes andere. Wer hätte hier die Behausung eines Helden vermutet? Aber schon beim ersten Schritt über die Schwelle! Himmel und Hölle, Donner und Doria!

Vom Keller bis zum Speicher atmete das Haus Heldenstil, selbst der Garten!

Ja, diesen Garten Tartarins gab es nicht zum zweiten Male in ganz Europa. Nicht ein einziger einheimischer Baum, nicht ein Grashalm aus Frankreich, nichts als exotische Pflanzen und Gummibäume, afrikanische Kalebassen, Baumwollstauden, Kokospalmen, Mangobrotbäume, Bananenpalmen, dazu ein Baobab, Kakteen, Feigenbäume, großartig, man kam sich vor wie mitten in Afrika, zehntausend Meilen weit von Tarascon. Unter uns, das alles stand nicht in natürlicher Größe da; so waren die Kokosbäume nicht größer als Runkelrüben, und der Baobab (Riesenbaum, *Arbos gigantea*) hatte reichlich Platz in einem Resedentopf. Aber das ist schließlich gleich, für Tarascon war es schon eine recht niedliche Leistung, und wenn jemand aus der Stadt am Sonntag die Ehre hatte, den Baobab von Tartarin besichtigen zu dürfen, so kam er aus dem Garten stets ganz benommen vor Bewunderung heraus.

Jetzt stellen Sie sich einmal vor, welch unauslöschlichen Eindruck ich damals empfangen musste, als ich diesen Wundergarten betreten durfte! ... Aber das ist noch gar nichts gegen das Arbeitszimmer des Helden! Dieses Zimmer war eine Sehenswürdigkeit der Stadt; es lag nach dem Garten hin zu ebener Erde, und durch eine Glastür konnte man direkt zu dem Baobab kommen.

Nun muss man sich einen großen Raum vorstellen, mit Säbeln und Gewehren austapeziert von den Dielen bis zur Decke. Es fehlte keine Waffe aus keinem Land der Welt: Karabiner, Flinten, Donnerbüchsen, korsische Messer, katalanische Klingen, kombinierte Revolvermesser, Dolchmesser, malaiische Kris, Karaibenpfeile,

Pfeile aus Feuerstein, Schlagringe, Totschläger, Hottentottenkeulen, mexikanische Lassos, was weiß ich noch!

Und von oben stürzte in nicht zu bändigenden Strahlen ein gewaltiger Sonnenglanz nieder. Er brachte den Stahl der Klingen und die Beschläge der Feuerwaffen zum Leuchten, und man musste noch mehr Gänsehaut bekommen, ob man wollte oder nicht. Ein kleines tröstliches Element war die fabelhafte Ordnung und die peinliche Sauberkeit, welche in dieser Wildwestromantik herrschte. Alles war hier geordnet, in gutem Stande, gebürstet, etikettiert wie in einer Apotheke; und hier und dort stand auf gemütlichen Zettelchen geschrieben:

Achtung! Achtung!

Vergiftete Pfeile! Nicht berühren!

oder:

Waffen! Geladen! Vorsicht!

Ohne diese Zettelchen hätte ich mich niemals hineingewagt.

In der Mitte des Zimmers stand ein Tisch. Auf dem Tischlein eine Flasche mit Rum, ein türkischer Tabaksbeutel, die Reisebeschreibungen des Kapitäns Cook, die Romane von Cooper und von Gustave Aimard, Jagdgeschichten von Bärenhetzen, von der Jagd mit dem Falken, Jagd auf den Elefanten und so weiter. Endlich vor dem Tischlein, da sitzt ein Mann, vierzig oder fünfundvierzig Jahre alt, klein, dick, untersetzt, die Wangen rot, in Hemdsärmeln, in Unterbeinkleidern aus Flanell, mit einem starken, kurzgehaltenen Bart, die Augen voller Feuer und Flammen. In der einen Hand hält er ein Buch, in der anderen schwingt er eine Riesenpfeife mit eisernem Deckel, und jetzt, während seine Augen, ich weiß nicht, welchen welterschütternden Bericht von Skalpjägern lesen, schiebt er seine Unterlippe vor, zieht ein schreckenerregendes Gesicht. Und hiermit bekommt diese brave Figur eines tarasconesischen Kleinbürgers denselben Charakter von gutmütigem Blutdurst, welcher dem ganzen Haus sein Gepräge gibt.

Dieser Mann, wer war es? Tartarin aus Tarascon, der Mann ohne Furcht und Tadel, der große, der unvergleichliche Tartarin aus Tarascon.

II. Generalübersicht über die gute Stadt Tarascon und die Mützenjäger

Ich erzähle nun von einer Zeit, wo Tartarin aus Tarascon noch nicht der Tartarin war, der er heute ist, der große Tartarin, der berühmteste Mann von ganz Südfrankreich. Aber schon damals war er der ungekrönte König von Tarascon. Nun wollen wir hören, wie ihm diese Königswürde zugekommen war.

Man muss vor allem als bekannt voraussetzen, dass da unten jeder Mensch eine Schwäche für die Jagd hat, vom Größten bis zum Kleinsten. Die Jagd ist die große Leidenschaft der Tarasconesen, und zwar bereits von der grauen Vorzeit her, wo die wilde Tarasque mit Urgewalt einbrach und die Tarasconesen von anno dazumal ihre Treibjagden gegen sie in Szene setzten. Das ist schon so einige Jahre her, bekanntlich.

Kurz und gut, an jedem Sonntagmorgen greift Tarascon zu den Waffen und zieht los aus dem Bannkreis der Stadt, den Rucksack auf dem Rücken, die Flinte auf der

Schulter, in der Mitte einer wuttobenden Hundemeute, mit Frettchen, mit Trompeten und Jagdhörnern. Wer das nicht gesehen hat, weiß nicht, was grandios ist! Leider Gottes gibt es kein Wild, und zwar fehlt es absolut.

So viechsdumm auch die Viecher sind, auf die Dauer wird es ihnen zu dumm, man kann das verstehen. Im Umkreis von fünf Meilen um Tarascon ist jeder Bau leer, die Nester sind ausgestorben, nicht eine Drossel, nicht eine Wachtel, nicht ein Haar von einem Kaninchen, nicht eine Feder von der allerkleinsten Schnepfe.

Und doch gibt es nichts Reizenderes als diese kleinen Hügelchen um Tarascon, sie duften nach Myrten und Lavendel, nach Rosmarin, und dann gibt es schöne Muskattrauben, durchtränkt mit Zucker, die sich am Ufer der Rhône hinranken, die sind so appetitanregend, kein Teufel könnte widerstehen. Ja, das wäre alles wunderschön, stünde nur nicht die Stadt Tarascon dahinter, und in dem kleinen Reich des fliegenden und des laufenden Wildes hat Tarascon einen sehr schlechten Ruf. Selbst die Zugvögel haben die Stadt auf ihrem Fahrplan mit einem Kreuz angestrichen. Wenn die wilden Enten in langen keilförmigen Zügen nach der Camargue hinabstreifen und von ferne die Glockentürme der Stadt zu Gesicht bekommen, dann fängt der Vogel an der Spitze laut an zu schreien: »Achtung Tarascon! Achtung Tarascon!«, und die ganze Gesellschaft schlägt einen Haken.

Um es mit einem Wort zu sagen: *In puncto* Wild gibt es in dem ganzen Land nichts mehr außer einem alten abgefeimten Hasen, der sich in den Kopf gesetzt hat: Hier muss ich leben! In Tarascon kennt man diesen Hasen natürlich sehr genau. Man hat ihm auch einen Namen gegeben; er heißt: »D-Zug«. Man weiß, dass er sein Lager auf den Feldern des Herrn Bompard hat – ein Umstand, der den Wert dieses Grundstücks verdoppelt oder verdreifacht –, aber man hat ihn noch nicht erwischen können.

Jetzt im Augenblick sind nur noch zwei oder drei verbissene Jäger hinter ihm her. Die anderen haben ihre Hoffnung schon zu Grabe getragen, und der »D-Zug« ist seit langem Gegenstand eines Mysteriums in dieser Provinz geworden, sowenig sonst der Tarasconese von Natur zum Aberglauben neigt. Er sagt ja auch zu Pasteten aus Schwalben nicht nein, vorausgesetzt, dass es welche gibt.

Nun werden Sie mich fragen: »Was machen denn die tarasconesischen Jäger an ihren Sonntagen, wenn es so wenig Wild in Tarascon gibt?«

Was sie machen?

Ja, großer Gott, sie ziehen ins Freie hinaus, zwei bis drei Meilen vor die Stadt, schließen sich zu kleinen Gruppen von fünf oder sechs zusammen, und dann legen sie sich in aller Seelenruhe im Schatten eines Brunnens oder einer alten Mauer oder eines Ölbaumes nieder, aus ihrer Tasche ziehen sie einen ordentlichen Happen Rinderbraten, dazu rohe Zwiebeln, dazu ein kleines Würstlein und ein paar Anschovis, und nun fangen sie an zu frühstücken, hören nicht wieder auf und befeuchten sich die Kehlen mit einem niedlichen Rhôneweinchen, das den Menschen Lust macht, zu lachen und Lust zum Singen.

Dies vollbracht und den nötigen Ballast eingenommen, erhebt man sich, pfeift den Hunden, ladet die Gewehre und beginnt zu jagen, d. h. jeder von diesen Herren nimmt seine Mütze, wirft sie in die Luft mit voller Kraft und schießt nach ihr im Fluge mit Fünfer-, Sechser- oder Zweierschrot, je nach Übereinkunft. Wer die meisten Treffer in seiner Mütze hat, wird zum Jagdkönig ausgerufen; im Triumph kehrt er abends nach Tarascon zurück, die durchlöcherte Mütze am Laufe seines Gewehres, inmitten von Hundegebell und Fanfarengeschmetter.

Ich muss wohl nicht ausdrücklich betonen, dass in der Stadt ein lebhafter Handel mit Jagdmützen blüht. Es gibt sogar Mützenmacher, die Mützen verkaufen, die von vorneherein durchlöchert und durchsiebt sind, zum Gebrauche für die weniger Vorgeschrittenen; aber Bézuquet, der Apotheker, ist der einzige, der sie kauft. Man weiß davon, es ist eine Schande!

Als Mützenjäger stand Tartarin auf einsamer Höhe. Jeden Sonntagmorgen zog er mit einer neuen Mütze los; jeden Sonntagabend kam er mit einem Lumpen zurück. In dem kleinen Hause mit dem Baobab waren die Schränke voll von diesen ruhmreichen Trophäen. Demzufolge erkannten die Tarasconesen ihn als ihren Herrn und Meister an; und da Tartarin die Jagdmaterie beherrschte, da er alles darüber Geschriebene gelesen und alle Handbücher aller möglichen Jagden durchforscht hatte, von der Jagd auf Mützen bis zur Jagd auf bengalische Tiger, so machten ihn denn die Herrschaften zu ihrem obersten Schiedsrichter in Jagdsportangelegenheiten, und er war in all ihren Diskussionen das Zünglein an der Waage.

Tag für Tag sah man von drei bis vier Uhr nachmittags bei dem Büchsenmacher Costecalde einen dicken Herrn ehrwürdigen Gehabens, die Pfeife zwischen den Zähnen, in einem großen Lederfauteuil sitzen. Das ganze Lokal war voll von Mützenjägern, die aufrecht standen, zankten und sich balgten, und Tartarin aus Tarascon war es, der Recht sprach, Nimrod und Salomo in einer Person.

III. Nöt! Nöt! Nöt! – Fortsetzung der Generalübersicht über die gute Stadt Tarascon

Zu der Neigung für die Jagd gesellte sich bei der tapferen Gesellschaft von Tarascon noch eine andere Leidenschaft, die für Romanzen. Der Verbrauch an Romanzen in diesem Lande grenzt an das unglaubliche. Alle sentimentalen Blödheiten, die in den alterältesten Fächern der Notenhändler vergilben, in Tarascon findet man sie in voller Jugend wieder, auf der Höhe ihres Glanzes. Hier sind sie alle, keine fehlt, jede Familie hat ihre eigene, und die ganze Stadt weiß davon. Man weiß zum Beispiel, dass das Leiblied des Apothekers Bézuquet ist: »Oh, du weißer Stern, den ich bete an!«

Das des Büchsenmachers Costecalde: »Kommst du mit mir ins Gefilde kleiner Hütten.«

Das des Steuereinnehmers: »Wäre ich unsichtbar wie Glas, niemand sähe das!« (Komisches Liedlein.) Und so in gleicher Weise fort in ganz Tarascon.

Zwei- oder dreimal in der Woche versammeln sich die X. bei den Y. und singen »sie«. Was daran das Sonderbare ist, das ist der Umstand, dass es immer dieselben Romanzen sind, und dass die braven Tarasconesen niemals den Wunsch haben, ein Lied zu wechseln, und mögen sie es schon Jahre um Jahre gesungen haben. Man vererbt sie in den Familien vom Vater zum Sohn, und niemand rührt daran, sie sind tabu. Man macht auch nicht einmal Anleihen. Niemals würde den Costecaldes der Gedanke kommen, das Lied der Bézuquets zu singen, noch umgekehrt.

Und Sie werden sagen, man müsste doch in den vierzig Jahren, während derer man sie singt, diese Lieder doch schon über haben, aber nein, jeder bewahrt das seine, und alle Welt ist damit zufrieden.

Wie *in puncto* Romanzen, so war auch *in puncto* Mützen in der Stadt der erste immer Tartarin aus Tarascon. Seine Überlegenheit über seine Mitbürger bestand darin, dass er kein eigenes Lied hatte. Alle hatte er, ausnahmslos. Nur eine Schwierigkeit. Nicht ums Verrecken brachte man ihn dazu, sie zu singen. Der Heros von Tarascon hatte es bald satt, Triumphe in den Salons zu feiern, es war ihm lieber, sich in seine Bücher über Jagd zu vertiefen und den Abend in dem Klub zu verbringen, als sich vor einem Piano aus Nîmes zwischen zwei Kerzen aus Tarascon zu produzieren. Dieses Getue mit der Musik schien ihm unter seiner Würde. Nur konnte es mal vorkommen, dass er wie durch Zufall bei dem Apotheker Bézuquet vorbeikam, wenn es dort einen musikalischen Abend gab, und dann musste man ihn recht schön bitten, und dann ließ er sich endlich herbei, das große Duett aus »Robert dem Teufel« mit Frau Bézuquet (der Mama) zu singen. Wer das nicht gehört hat, hat noch nichts gehört. Wenn ich hundert Jahre alt werden sollte, ich werde mein ganzes Leben lang den großen Tartarin sehen, wie er sich mit feierlichen Schritten dem Klavier nähert, sich auf den Ellbogen stützt, sein Gesicht in Falten legt; und nun versucht er, grün angestrahlt von den Apothekergefäßen in der Auslage, seinem gutmütigen Gesicht den satanischen und menschenfresserischen Ausdruck von »Robert dem Teufel« zu geben. Kaum war er so weit, als schon der ganze Salon zitterte. Es lag in der Luft, dass irgendetwas Grandioses vor sich gehen sollte ... Und nun, nach einer Pause begann Mama Bézuquet, während sie sich selbst begleitete:

»Robert, den ich bete an,
Der du mein Gelübd' empfangst,
Du siehest meine Angst (da capo).
Gnade für dich,
Und Gnade für mich!«

Und dann flüsterte sie: »Los, Tartarin«, und nun wiederholte Tartarin aus Tarascon, den Arm ausgestreckt, die Faust geschlossen, mit bebenden Nasenlöchern, dreimal mit fürchterlicher Stimme, die wie ein Donnerschlag in den Tiefen des Klaviers nachrollte: »Nein! Nein! Nein!«, was dieser gute Mann wie: »Nöt! Nöt! Nöt!« aussprach, worauf Mama Bézuquet noch einmal begann:

»Gnade für dich,
Und Gnade für mich!«

»Nöt! Nöt! Nöt!«, heulte Tartarin aus den Tiefen seines Herzens, und dabei blieb es. Es war nicht viel, wie man sieht, aber das wenige war so fabelhaft hingeworfen, so gut gemeint, so teuflisch vom Scheitel bis zur Zehe, dass ein Zittern des Schreckens durch die Apotheke lief, und dass man ihn bat, vier- oder fünfmal sein »Nöt! Nöt! Nöt!« da capo zu bringen.

Dies vollbracht, trocknete sich Tartarin die Stirn, lächelte den Damen, zwinkerte den Männern zu, zog sich auf seine Lorbeeren zurück, um dann nachher im Klub so mit einer kleinen Handbewegung zu sagen:

»Eben habe ich bei den Bézuquets das Duo aus ›Robert dem Teufel‹ gesungen!«

Und das war die Höhe, er glaubte es selbst.

IV. Euch!

Es war nicht ein einzelnes Talent, dem Tartarin aus Tarascon seine beherrschende Stellung in der Stadt verdankt. Im Übrigen war es eine unbestreitbare Tatsache, dass dieser Teufelskerl mit allen Menschen fertig zu werden verstand. So war in Tarascon das Militär für Tartarin. Der brave kühne Kommandant Bravida, Hauptmann im Monturendepot a. D., pflegte ihn nur »unser Karnickel« zu nennen. Und Karnickel waren ja sein Spezialfach, da er so viele eingekleidet hatte.

Die Beamtenschaft war für Tartarin. Mehr als einmal hatte der alte Präsident Ladèvèze in offener Sitzung von ihm gesagt: »Tadelloser Charakter!«

Und schließlich war die Masse für Tartarin. Wie er sich räusperte, wie er spuckte, wie er ging, und wie er stand, und dann sein Wesen, das Wesen eines handfesten Trompetergaules, der vor dem Krach keine Angst hat, dieser Ruhm des Heroen, der ihn umgab, man weiß nicht wieso und woher, und dann das Zuckerbrot und die Peitsche, die er den kleinen Gassenjungen verabreichte, die vor seiner Tür herumlungerten, summa summarum, er war der große Lordmilliardär der Provinz, er war der König in den Markthallen von Tarascon. Und wenn Tartarin Sonntag abends am Ufergelände der Rhône von der Jagd heimkehrte, die Mütze an der Spitze seines Schießprügels, fest eingemummelt in seine Flanellweste, da verbeugten sich die Lastträger voll Ehrfurcht bis zur Erde, sie zwinkerten auf seine gewaltigen Armmuskeln hin, die ihm an den Armen rollten, und es war die Stimme der Bewunderung, wenn sie sagten: »Das da, das ist Sache! ... Er hat doppelte Muskeln ...«

Doppelte Muskeln! Das ist so recht Tarascon.

Und doch! Dieser Tartarin war trotz alledem mit seinen Talenten ohne Zahl, mit seinen doppelten Muskeln, trotz der Gunst der Masse und der unbezahlbaren Wertschätzung seitens des tapferen Kommandanten Bravida – glücklich war Tartarin nicht. Dieses Kleinstadtleben lastete auf ihm bis zum Erdrücken. Der große Mann von Tarascon langweilte sich in Tarascon. Tatsache ist, dass für eine heldenhafte Natur wie die seine, für eine rasende Abenteurerseele, die nach Schlachten hungerte, nach Rennritten in den Pampas, nach grandiosen Jagden, nach öden Wüsteneien, nach Taifunen und Zyklonen ... für eine solche Seele ist die Sonntagsjagd auf Mützen nichts, weniger als nichts ist ihr das Zugerichtsitzen beim Büchsenmacher Costecalde... O du armer, lieber, großer Mann! Wäre es so weitergegangen, er hätte sich verzehrt, wäre an sich verbrannt, an seiner inneren Flamme! Was half es, wenn er, um seinen Horizont zu erweitern und ein wenig den Klub und den »großen Platz« aus den Augen zu bekommen, sich mit Baobabs und anderen afrikanischen Großpflanzen umgab. Wozu Gewaffen auf Gewaffen häufen, Malaienkris auf Malaienkris! Wozu sich bis über die Nasenspitze in Abenteuerromane einbuddeln, immer wie der unsterbliche Don Quichotte gegen die Krallen der unbarmherzigen Realität losziehen mithilfe der Urgewalt seiner Fantasie ... Ach, vergebens! Alles, was den Durst nach der fremden schönen Abenteuerwelt löschen sollte, machte ihn nur brennender. Der stete Anblick seiner Waffen ließ ihn nie aus seiner Erregung, nie aus seinem ewigen Außersichsein kommen. Seine Rifles, seine Pfeile, seine Lassos schrien ihm zu: »Zur Schlacht! Zum Sieg!« In den Zweigen seines Baobab hauchte der Atem großer Fahrten und flüsterte ihm gefährliche Ratschläge zu.

Und ganz fertig machten ihn Gustave Aimard und Fenimore Cooper ...

Ach, was waren das doch für schwere Nachmittage! Wie oft erhob sich Tartarin inmitten seiner Gewaffen von seinem Buche, um loszubrüllen! Wie oft schmiss er sein Buch hin, stürzte zur Wand hin, um eine Trophäe herabzureißen!

Der arme Kerl vergaß, dass er zu Hause in Tarascon war, dass er auf dem Kopfe einen Seidenschal trug und an den Beinen Unterbeinkleider, Wirklichkeit und das Schmökern wurden eins. Er entflammte sich am Ton der eigenen Stimme und schwang einen Tomahawk oder eine Keule: »Nur ran mit euch!«

Euch? Wer soll das sein? Euch?

Wenn es nur Tartarin selbst gewusst hätte!

Euch! Das war alles, was angreift, alles, was kämpft, was mordet und meuchelt, alles, was krallt und kreischt, alles was skalpiert und schindet, alles, was braust und was brüllt! Euch! Das war der Siouxindianer, der um den Marterpfahl tanzt, an welchen der unselige Weiße gefesselt ist. Das war der graue Riesenbär in den Rocky Mountains, der heranschwankt, der sich beleckt mit einer ellenlangen, blutbefleckten Zunge. Aber das war auch der Tuareg der Wüste, der malaiische Pirate, der Bandit in den Abruzzen ... Euch, mit einem Wort, das waren sie, das heißt der Krieg, die Fahrten, das Abenteuer, der Ruhm.

Aber ach! Der Tarasconese ohne Furcht und Tadel konnte sie lange rufen, herausfordern. Die Euch wollten nicht kommen. Pecaïré! Was hätten denn die Euch in Tarascon anfangen sollen?

Aber Tartarin war immer auf Euch gefasst, besonders wenn er abends in den Klub ging.

V. Tartarins Gang in den Klub

Ein Tempelritter, der sich zum Ausfall gegen die Heiden rüstet, die draußen lauern – ein chinesischer Held mit Tigerherzen, der sich wappnet für die Schlacht – der Komanchoindianer auf dem Kriegspfad, das alles ist nichts gegen Tartarin aus Tarascon, wenn er sich von

Kopf bis zum Fuß equipiert, um neun Uhr abends eine Stunde nach dem Zapfenstreich in den Klub zu gehen.

Schiff klar zum Gefecht, wie es in der Matrosensprache heißt.

In der linken Hand hatte Tartarin einen Schlagring mit scharfen Eisenzähnen, in der rechten einen Stockdegen. In der linken Tasche einen Totschläger, in der rechten einen Revolver. Auf der Brust zwischen Flanell und Rock einen malaiischen Kris. Aber wohlverstanden, niemals einen vergifteten. Das sind zu unfaire Waffen! ...

Bevor er fortging, übte er sich in der schweigenden Stille seines Zimmers, er legte aus, zielte nach der Wand, ließ seine Muskeln spielen. Dann nahm er seinen Hausschlüssel, durchquerte den Garten, in aller Gehaltenheit, ohne jede Übereilung. »Nur ruhig Blut, meine Herren! Das ist Mannesmut!« – Am Ende des Gartens öffnete er die schwere Eisentür. Er öffnete sie mit einem Ruck, dergestalt, dass sie rückwärts an die Mauer anprallen musste ... Wenn die »Euch« dahinter gewesen wären, sie wären zu Mus zerquetscht worden. Leider waren »Euch« nicht dahinter.

Jetzt hatte Tartarin das Tor geöffnet, er trat hinaus, warf schnell einen Blick nach rechts und einen nach links, schloss das Tor doppelt zu mit der ganzen Lebhaftigkeit seines Wesens. Und dann los.

Auf der Straße nach Avignon nicht einmal eine Katze. Die Tore zu, die Fenster dunkel. Weit entfernt schimmerte hin und wieder eine Laterne in dem Dunst, der über der Rhône lag.

Stolz und ruhevoll zog Tartarin seinen Weg nun durch die Nacht, ließ im Takte seine Absätze schallen und schlug mit der eisernen Spitze seines Stockes auf die Steine, bis die Funken flogen. Breite Straßen, mittlere Gassen, winzige Gässchen, immer hielt er sich in der Mitte der Wege, glänzende Vorsichtsmaßregel, die es jedem gestattet, die Gefahr von Weitem zu sehen, und vor allem, dem aus dem Wege zu gehen, was manchmal (wenigstens in Tarascon) nachts aus dem Fenster fällt. Wenn man an ihm so viel Vorsicht sah, wäre der Gedanke an Furcht nicht ganz so weit hergeholt gewesen. Aber nein. Nein, er nahm sich nur in acht, sah sich vor.

Der beste Beweis dafür, dass es bei Tartarin nicht Angst war, ist der Umstand, dass er über den Boulevard in den Klub ging, statt durch die Stadt, d. h., er nahm den weitesten Weg, den am schlechtesten beleuchteten, durch winklige, schmierige Gassen, an deren Ende man die Rhône unheimlich blinken sah. Der arme Teufel hoffte immer, dass einer von euch Halsabschneidern aus dem Dunklen hervorspringen würde, um ihm in den Rücken zu fallen. Aber die Euch hätte er gut empfangen; dafür garantiere ich. Aber ach, das Schicksal nahm ihn nicht ernst und Niemals (mit einem großen N) hatte Tartarin aus Tarascon das Glück, einem üblen Kerl zu begegnen, nicht einmal einem Hund, nicht einmal einem Betrunkenen, niemals und nichts.

Manchmal ein falscher Alarm, ein ferner Schritt, ein Flüsterwort. »Achtung!«, sagte Tartarin zu sich, und er blieb wie angewachsen an der Stelle, durchforschte das Dunkel und nahm Witterung, legte nach Indianerart das Ohr an die Erde. Näher und näher kommen die Schritte;

man hört deutlich Stimmen, kein Zweifel mehr, die Euch kommen näher, die Euch sind da. Schon rafft sich Tartarin feurigen Auges und keuchender Brust in sich selbst zusammen, wie ein Jaguar, schon bereitet er sich vor, loszuspringen und seinen Kriegsruf auszustoßen, als plötzlich aus dem Schoß der Dunkelheit gute Tarasconesenstimmen in aller Seelenruhe sich an ihn wenden: »Ach je, der Tartarin!« und »Auf Wiedersehen, Tartarin!«

Verflucht, es war der Apotheker Bézuquet mit seiner Familie, der gerade seine Arie bei den Costecaldes abgesungen hatte.

»Guten Abend! Gute Nacht!« brummte Tartarin, wütend, dass es wieder nichts gewesen war, und in seiner Zornesglut verschwand er mit hoch erhobenem Spazierstock in der Nacht.

War unser Tarasconese ohne Furcht und Tadel in der Straße des Klubs angekommen, da wartete er noch einen Augenblick, während er kreuz und quer vor dem Tor umherspazierte, bevor er eintrat. Schließlich und endlich wurde er es satt, die Euch zu erwarten, war sicher, dass die Euch sich nicht mehr zeigen würden, und so warf er einen letzten herausfordernden Blick wie einen Fehdehandschuh in den Schatten und murmelte zornentbrannt: »Nichts! Nichts! Und niemals Nichts!«

Dies vollbracht, trat der tapfere Mann ein, um sein Spielchen Bézigue mit dem Kommandanten zu machen.

VI. Die zwei Tartarins

Aber wie kommt es, dass ein Tartarin aus Tarascon mit solch einer Gier nach Abenteuern, solch einem Hunger nach kolossalen Aufregungen, mit dieser wahnsinnigen Lust auf Reisen und Jagden und Wildwestabenteuer, wie zum Teufel kam es, dass Tartarin niemals Tarascon verlassen hatte?

Denn dies ist eine Tatsache. Bis zum Alter von fünfundvierzig Jahren hatte der Tarasconese ohne Furcht und Tadel nicht ein einziges Mal außerhalb seiner Heimatstadt eine Nacht verbracht. Er hatte nicht einmal die berühmte Reise nach Marseille unternommen, die sich jeder gute Provenzale bei seiner Großjährigkeit leistet. Es ist schon viel gesagt, wenn er Beaucaire kannte, und doch ist Beaucaire sehr nahe bei Tarascon, es ist eigentlich nur eine Brücke dazwischen. Nur ist unglückseligerweise diese Brücke so oft schon von Stürmen davongetragen worden, sie ist so lang, so zart gebaut, und die Rhône ist so breit an dieser Stelle, dass, auf Ehre und Gewissen ...! Sie verstehen mich. Auf der festen Erde fühlte sich Tartarin besser.

Ich muss Ihnen nun gestehen, es gab in unserem Heros zwei sehr verschiedene Seelen. »Ich fühle, es sind zwei Menschen in mir«, hat irgendein Kirchenvater gesagt. Das traf ganz und gar auf Tartarin zu, der in sich die Seele eines Don Quichotte umhertrug, denselben ritterlichen Elan, dasselbe heroische Ideal, denselben Hang nach Romantik und nach Überlebensgröße. Aber unglückseligerweise hatte er nicht das Äußere des berühmten Hidalgo, diesen Körper aus Haut und Knochen, diese Attrappe von Körper, welche dem tatsächlichen Leben keine Angriffsfläche bietet, diesen hochbeinigen Leib, der imstande war, zwanzig Nächte in seinem Kürass eingepanzert zu bleiben und achtundvierzig Stunden mit einer Handvoll Reis auszukommen. Tartarins leibliches Teil war gerade das Gegenteil. Es war ein wacker befleischter Mann, sehr dick sogar, ein Schwergewicht, recht sinnlich, ordentlich verweichlicht, wehleidig, voll von kleinbürgerlichen Neigungen und mit einer großen Schwäche für die Häuslichkeit – der fette und untersetzte Leib des unsterblichen Sancho Pansa, getragen von kurzen Stummeln.

Doch Quijote und Sancho Pansa in demselben Mann! Man kann sich vorstellen, wie schlecht sie miteinander lebten. Welche Kämpfe, welche Duelle auf Tod und Leben! Und was für einen reizenden Dialog hätte Lukian oder Samt-Evremond schreiben können, einen Dialog zwischen Tartarin Numero eins und Tartarin Numero zwei, zwischen Tartarin Quichotte und dem Tartarin Sancho. Tartarin Quichotte entflammt sich an den Erzählungen Gustave Aimards und schreit: »Ich ziehe los!«

Tartarin Sancho denkt nur an Rheumatismus und sagt: »Ich bleibe hier!«

Tartarin Quichotte, sehr begeistert:

»Hülle dich in Ruhm, Tartarin!«

Tartarin Sancho, sehr ruhig:

»Tartarin, hülle dich in Flanell!«

Tartarin Quichotte mit immer steigender Erregung:

»O ihr guten doppelläufigen Flinten, o ihr Dolche, o ihr Lassos, ihr Mokassins!«

Tartarin Sancho noch ruhiger:

»O ihr herrlichen gestrickten Westen, o ihr feinen warmen Wadenstrümpfe, o ihr wundervollen Mützen mit Ohrenklappen!«

Tartarin Quichotte ganz außer sich:

»Eine Axt, ein Königreich für eine Axt!«

Tartarin Sancho läutet dem Mädchen:

»Jeanette, meine Schokolade!«

Daraufhin erscheint Jeanette mit einer ausgezeichneten Schokolade, heiß, braun wie Mohrenhaut, duftend wie das Himmelreich, und dazu wundervolle frischgebackene Anisplätzchen; ein Gegenstand des Jubels für Tartarin Sancho und das Grab für Tartarin Quichotte.

Und so ist es gekommen, dass Tartarin aus Tarascon niemals Tarascon verlassen hat.

VII. Die Europäer in Schanghai – der Welthandel – Die Tataren – Tartarin aus Tarascon ein Bluff? – Die Spiegelung

Und doch wäre es einmal fast soweit gekommen, dass Tartarin eine große Reise angetreten hätte. Es gab drei Brüder Garcio-Camus, Tarasconesen, die in Schanghai ein Geschäft errichtet hatten, und die ihm die Leitung einer ihrer Niederlassungen da unten angeboten hatten. Und *das* war ausgerechnet das Leben, wonach er sich gesehnt hatte. Riesige Geschäfte, ein ganzes Regiment von

Angestellten ihm untertan, Beziehungen zu Russland, Persien, asiatischer Türkei und endlich: der Welthandel.

Wenn Tartarin das Wort Welthandel aussprach, da erschien es wie mit haushohen Lettern gedruckt.

Und noch einen Vorteil hatte das Haus Garcio-Camus, nämlich den, dass man manchmal den Besuch von Tataren empfing. Dann schloss man flink die Tore, man hisste die Konsularfahne, und piff, paff schoss man durch die Fenster auf die Tataren.

Mit welch toller Begeisterung sich Tartarin Quichotte auf diesen Vorschlag stürzte, dazu bedarf es weniger Worte. Nur wollte unglückseligerweise Tartarin Sancho auf diesem Ohr nicht hören, und da er der Stärkere war, wurde nichts aus der Sache. In der Stadt sprach man sehr viel darüber. Wird er abreisen? Wird er nicht? Wetten wir, dass ja? Wetten wir, dass nein? Das war ein gewaltiges Ereignis. Um die Sache kurz zu machen, Tartarin reiste nicht. Aber jedenfalls erhöhte die ganze Angelegenheit seinen Nimbus. Ob er hätte nach Schanghai gehen sollen oder ob er hingegangen war, für Tarascon war das Jacke wie Hose. Man hatte schließlich so lange von der Reise Tartarins gesprochen, dass man schließlich glaubte, er sei schon zurück. Und abends im Klub wollten alle diese Herren Bescheid haben über das Leben in Schanghai, über die Sitten, das Klima, das Opium und über den Welthandel.

Tartarin war durchaus auf der Höhe, und er gab sehr bereitwillig alle verlangten Einzelheiten, und am Ende war der gute Mann selbst nicht ganz sicher, ob er nicht doch in Schanghai gewesen, und so kam es ihm sehr selbstverständlich von den Lippen: »Nun, da lasse ich meine Kommis unter Waffen treten, ich hisse die Konsularflagge und piff, paff, puff, durch die Fenster auf die Tataren.« Dabei konnte der Klub ein Zittern nicht unterdrücken.

»Nun, auf diese Art ist doch Ihr Tartarin nichts als ein abscheuliches Lügenmaul.«

»Nicht doch, ganz und gar nicht, Tartarin ein Lügenmaul? Nie und nimmer!«

»Aber er musste doch wissen, dass er nie im Leben Schanghai gesehen hatte.«

»Na ja, zweifellos, gewusst hatte er es. Nur ist das so eine Sache ...«

Es ist so, ich muss Ihnen das ganz genau erklären. Es ist jetzt Zeit, ein für alle Mal sich über den Vorwurf der Lügenhaftigkeit klar zu werden, welchen die Leute aus dem Norden sooft den Menschen aus dem Süden machen. Es gibt keine Lügner im Süden, nicht einen einzigen in Marseille, ebenso wenig in Nimes, keinen in Toulouse, noch auch in Tarascon. Der Mann aus dem Süden lügt nicht, er täuscht sich nur. Er sagt natürlich nicht immer die Wahrheit, aber für ihn ist es die Wahrheit. Seine Speziallüge ist keine Lüge, es ist eine Art Spiegelung.

Ja, ganz richtig, Spiegelung! Wenn Sie mich richtig verstehen wollen, dann begeben Sie sich in den Süden, und überzeugen Sie sich dort durch den Augenschein. Sie werden sehen, dass in diesem verteufelten Land die Sonne alles verändert und alles übernatürlich vergrößert. Sie werden diese ganz winzigen Hügelchen der

Provence sehen, nicht höher als der Montmartre mitten in Paris, aber dort erscheinen sie so groß wie ein Gaurisankar, sie werden die Maison carrée von Nîmes sehen, eine Nippesfigur für die Vitrine, aber dort sieht sie aus gewaltig wie die Notre-Dame-Kirche. Sie werden sehen. Ach! Der einzige Lügner im Süden (wenn es überhaupt einen gibt) ist die Sonne. Alles, was sie berührt, wird überlebensgroß. Nun aber wirklich, was war Sparta zur Zeit seines höchsten Glanzes? Ein Krähwinkel. Und was war Athen? Schließlich und endlich auch nicht mehr als der Sitz eines Regierungspräsidenten. Und doch, in der Weltgeschichte figurieren sie als ungeheure Städte. Schuld ist die Sonne. Wen kann es da noch wundernehmen, dass dieselbe Sonne, wenn sie auf Tarascon fiel, aus einem alten Hauptmann des Monturendepots wie Bravida den tapferen Kommandanten Bravida machte? Aus einer Rübe einen Baobab, und aus dem Manne, der einmal nach Schanghai gehen sollte, den Mann der wirklich hingegangen ist.

VIII. Die Menagerie Mitaine – Ein Löwe aus dem Atlas in Tarascon. – Furcht- und schauervolle Begegnung

Bis jetzt haben wir Tartarin aus Tarascon gezeigt in seinem bürgerlichen Leben, so wie er war, bevor der Ruhm seine Stirn geküsst und diese Stirn mit unvergänglichen Lorbeeren geschmückt hatte.

Bis jetzt haben wir das Heldenleben beschrieben in einer bescheidenen Umgebung, seine Freuden, seine Schmerzen, seine Hoffnungen und Träume. Aber nun wollen wir die gewaltigen Seiten seiner Geschichte aufschlagen und das sonderbare Ereignis erzählen, das diesem unvergleichlichen Schicksal den großartigsten Aufschwung geben sollte.

Es war ein Abend beim Büchsenmacher Costecalde. Tartarin von Tarascon war dabei, einigen Liebhabern den Mechanismus des Zündnadelgewehres zu demonstrieren, das damals ganz neu war. Da öffnet sich mit einem Mal die Tür, und ein Mützenjäger stürzt sich ganz aufgeregt in den Laden und schreit: »Ein Löwe! Ein Löwe!« Allgemeines Entsetzen, alles starr, gewaltiger Kuddelmuddel und Lärm. Tartarin fällt sein Bajonett. Costecalde läuft zur Türe, um sie zu schließen. Man umringt den Jäger, man fragt ihn aus, man rückt ihm auf den Leib, und schließlich erfährt man Folgendes: Die Menagerie Mitaine, die gerade von dem Jahrmarkt in Beaucaire zurückgekommen ist, hat sich entschlossen, ein paar Tage in Tarascon zu verweilen. Sie hat auf dem Schlossplatz ihre Zelte aufgeschlagen mit einem Haufen Riesenschlangen, Seehunden, Krokodilen und mit einem prachtvollen Löwen aus dem Atlas.

Ein Löwe aus dem Atlas in Tarascon! Niemals seit Menschen denken können, hat man Ähnliches erlebt. Was für kühne Blicke warfen die tapferen Mützenjäger einander zu! Welch ein Strahlen auf ihren Mannesgesichtern, welche Händedrücke von Mann zu Mann in allen Winkeln des Ladens Costecaldes! Die Aufregung war so gewaltig, so unvorbereitet waren alle, dass niemand ein Wort fand.

Nicht einmal Tartarin. Bleich und zitternd, das Zündnadelgewehr noch in den Händen, stand er in Sinnen verloren vor dem Ladentisch. Ein Löwe vom Atlas war da, handgreiflich nahe, zwei Schritte weit entfernt. Ein

Löwe! Das heißt das heldenhafteste Tier, das wildeste vom wilden, der König der Wüste, das Wild, wie er es sich in seinen kühnsten Träumen vorgestellt hatte – wenn man sagen kann, der Star der imaginären Truppe, die ihm so schöne Dramen in seiner Fantasie vorspielen konnte.

Ein Löwe, o ihr himmlischen Götter!

Und noch dazu einer vom Atlas! Das ging sogar über des großen Tartarins Kraft. Ein Strom von Blut schoss ihm ins Gesicht, seine Augen flammten auf, mit einer krampfhaften Bewegung warf er das Zündnadelgewehr auf seine Schulter, wandte sich an den tapferen Kommandanten Bravida, Monturenhauptmann a.D., und sagte zu ihm mit Donnerstimme: »Los! Das müssen wir sehen, Kommandant!«

»He, he ... oje, oje ... und mein Gewehr! ... mein Zündnadelgewehr, das sie mir jetzt mitnehmen! ...« Diese Worte warf der ängstliche Costecalde vorsichtig ein – aber Tartarin war schon um die Ecke gebogen, und hinter ihm alle die Mützenjäger, mutig dahermarschierend im gleichen Schritt und Tritt.

Als sie zur Menagerie kamen, gab es hier schon ein riesiges Menschengewühl. Tarascon birgt ein heldenhaftes Geschlecht, das nur allzu lang kein sensationelles Ereignis erlebt hat – und nun hatte es sich auf das Zirkuszelt Mitaine gestürzt und hatte es im Sturm genommen. So konnte denn die große dicke Mama Mitaine nicht klagen ... Sie trug ein Kabylenkostüm, hatte die Arme nackt bis zum Ellbogen, eiserne Ringe um die Knöchel, eine Peitsche in der einen Hand, in der anderen Hand ein gerupftes, aber noch lebendes Huhn – so machte die famose Dame den Tarasconesen die Honneurs in dem Zirkuszelt, und da auch sie doppelte Muskeln hatte, war ihr Erfolg fast ebenso groß wie der ihrer Pfleglinge.

Als Tartarin das Gewehr auf der Schulter eintrat, erregte er Schauder und Schrecken. Alle die guten Tarasconesen, die bis zu diesem Augenblick in ihrer Seelenruhe vor den Käfigen einherspaziert waren, unbewaffnet, ohne Angst und Bedenken, meilenweit von jedem Gedanken an Gefahr entfernt, sie alle erzitterten jetzt plötzlich in einer Regung des Schreckens – den man versteht, denn sie sahen ihren großen Tartarin in das Zirkuszelt hineinschreiten in seiner großen Kriegsbemalung. Und konnte es irgendwo ganz geheuer sein, wenn selbst er, dieser Heros? ... Und schneller, als man sagen kann, war der Raum vor den Käfigen völlig menschenleer. Die Kinder schrien in ihrer Angst, die Damen guckten nach dem Ausgang. Der Apotheker Bézuquet machte sich aus dem Staub, unter dem Vorwand, er müsse sein Gewehr holen.

Immerhin dauerte es nicht lange, und die Haltung Tartarins beruhigte wieder die Gemüter. Unerschüttert, das Haupt erhoben, so machte der Tarasconese ohne Furcht und Tadel gemessenen Schrittes seinen Rundgang durch das Zelt, ging ohne Aufenthalt an dem Schwimmbecken der Seerobbe vorbei, streifte mit verächtlichem Blick die lange Kiste mit Kleie – wo die Boa ihr rohes Huhn verspeiste, und endlich pflanzte er sich vor dem Käfig des Löwen auf. Furcht- und schauervolle Begegnung! Der Löwe aus Tarascon und der Löwe aus dem Atlas, Pupille in Pupille ... Auf der einen Seite Tartarin, aufrecht, mit durchgedrückten Knien, beide Arme aufgestützt auf seine Flinte – auf der anderen der Löwe, diese gewaltige Bestie, ins Stroh hingehauen, mit einem Auge zwinkernd, gelangweilten Gehabens. Den mächtigen Schädel mit der gelben Riesenmähne hat er auf seine Vorderpranken gelegt ... Beide waren ruhig, sahen einander an.

Und nun kommt etwas Merkwürdiges. Sei es, dass das Zündnadelgewehr dem Löwen auf die Nerven ging, sei es, dass er den Feind seiner Rasse gewittert hatte, jedenfalls wurde er, der bisher die Tarasconesen mit absoluter Verachtung gestraft und ihnen allen ins Gesicht gegähnt hatte, jedenfalls wurde der Löwe plötzlich von einem wütenden Zorn ergriffen. Er begann zu schnauben, brummte dumpf, streckte seine Krallen aus, er reckte seine Pranken. Dann auf! Er wirft den Kopf zurück, schüttelt seine Mähne, öffnet seinen Riesenrachen und stößt gegen Tartarin ein schauerliches Gebrüll aus.

Daraufhin ein Schreckensschrei. Tarascon ist wie von Sinnen und stürzt nach den Ausgängen. Alle, Frauen, Kinder, Hafenarbeiter, Mützenjäger, selbst der tapfere Kommandant Bravida... Als einziger steht Tartarin aus Tarascon unerschütterlich da. Da stand er, eisern und entschlossen, vor dem Käfig, ein Funkeln in den Augen und diesen furchtbaren Gesichtsausdruck in den Mienen, wie ihn die ganze Stadt kannte. Und als in der nächsten Sekunde die Mützenjäger durch seine mannhafte Haltung (und angesichts der Stärke der Käfigstangen) wieder ein wenig Festigkeit gewonnen hatten und näher zu ihrem Chef herangetreten waren, da hörten sie, wie er, Auge in Auge mit dem Löwen, murmelte: »Ja, das ist eine Jagd.«

An diesem Tage sprach Tartarin aus Tarascon nicht weiter.

IX. Höchst sonderbare Wirkungen der Spiegelung

An diesem Tage sprach Tartarin aus Tarascon nicht weiter. Aber der Unselige hatte schon zu viel gesprochen.

Am nächsten Tage sprach die ganze Stadt von nichts anderem als von der in Bälde zu erwartenden Abreise Tartarins nach Algier zur Löwenjagd. Sie alle, liebe Leser, Sie sind Zeugen, dass der Gute auch nie ein Sterbenswörtchen davon gesagt hatte. Aber, Sie wissen schon, die Spiegelung ...

Mit einem Wort, ganz Tarascon sprach nur von der Abreise.

Auf der Promenade, im Klub, bei Costecalde, überall stießen sich die Leute ganz aufgeregt an: »Und was das betrifft, Sie wissen das Neueste, nicht wahr?«

»Und was das betrifft, was denn? ... Dass Tartarin abreist, nicht wahr?«

Denn in Tarascon fängt jede Phrase mit einem »Was das betrifft« an und endet mit einem »Nicht wahr«, das man wie net waah ausspricht. Und so erschollen denn an diesem Tage, mehr als an allen anderen die »Was das betrifft« und die »Netwaahs« so kräftig, dass die Scheiben klirrten.

Der Mann, der bei der Nachricht, er solle nach Afrika, wie aus den Wolken fiel, war kein anderer als Tartarin. Aber jetzt sehen Sie einmal, was die Eitelkeit alles kann. Statt einfach zu antworten, es fiele ihm nicht im Traume ein, zu reisen, sagte vielmehr der arme Tartarin, als man zum ersten Mal mit ihm von dieser Reise sprach, so halb und halb ausweichend: »Ach ja, ach so, na ja, vielleicht ... kann sein.« Das zweite Mal, als er sich mit der Idee schon etwas vertrauter gemacht hatte, antwortete er: »Möglich schon.« Und das dritte Mal: »Ich habe mich entschlossen.«

Und endlich am Abend im Klub und bei den Costecaldes in Stimmung gebracht von dem Eierpunsch, von den Bravos, von den Lichtern, berauscht von dem Riesenerfolg, den schon die bloße Ankündigung seiner Reise in der Stadt gehabt hatte, erklärte der Unselige in aller Form, er habe es satt, Mützen zu jagen, und würde in Kürze auf die großen Löwen im Atlasgebirge losgehen.

Ein gewaltiges Hurra war die Antwort auf diese Erklärung. Daraufhin neuer Eierpunsch, Händedrücken, Wangenkuss und Serenade mit Fackeln bis Mitternacht vor dem kleinen Hause mit dem Baobab.

Aber das alles war nicht nach dem Sinn Tartarin-Sanchos. Diese Idee, nach Afrika zu reisen und Löwen zu erlegen, jagte ihm schon jetzt eine Gänsehaut nach der anderen über den Rücken; und kaum waren sie (Tartarin-Quichotte und er) zu Hause, und noch waren die letzten Töne der Ehrenserenade unter ihren Fenstern nicht verklungen, da machte er Tartarin-Quichotte eine furchtbare Szene, nannte ihn verrückt, Schlafwandler, Patentidiot, meschugge vom Scheitel bis zur Zeh und malte ihm nun der Reihe nach alle die Katastrophen vor, die ihn bei einer solchen Expedition erwarteten, als da sind: Schiffskatastrophen und Zipperlein, Wechselfieber und Dysenterie, schwarze Pest und Elefantiasis und was sonst noch dazu gehört.

Vergeblich schwor Tartarin-Quichotte, er werde sich schon halten und werde an seine Unterkleidung denken, er würde alles umnehmen, wie es sich gehört. Aber Tartarin-Sancho wollte nichts hören. Der arme Teufel sah sich schon in Atome zerfetzt von den Löwen und vom Wüstensand begraben wie weiland König Kambyses – und schließlich gelang es Tartarin nur dadurch, ihn ein wenig zu beruhigen, dass er ihm auseinandersetzte, es müsse ja nicht schon diese Woche losgehen, nichts dränge zur Eile, schließlich und endlich seien sie eben doch noch hier.

Und tatsächlich leuchtet das doch jedem ein, dass man zu solch einer Expedition nicht aufbricht, ohne die gehörigen Vorsichtsmaßregeln getroffen zu haben. Man muss doch wissen, wohin es geht, und man flattert nicht so einfach los wie ein Vögelchen.

Vor allen Dingen wollte der Tarasconese die Berichte aller großen Afrikareisenden lesen, die Reisebeschreibungen von Mungo Park, de Caillé, von Dr. Livingstone und von Henri Duveyrier.

Daraus ersah er, dass diese kühnen Reisenden, bevor sie ihre Sandalen zu den weiten Expeditionen geschürzt hatten, sich von langer Hand trainiert hatten, um den Durst, den Hunger, die Gewaltmärsche und Entbehrungen aller Art ertragen zu können. Tartarin wollte es machen wie sie, und von diesem Tage an nährte er sich nur von Heißwasser. Das, was man in Tarascon Heißwasser nennt, das sind ein paar Brotschnitten in heißem Wasser mit ein wenig Knoblauch, Thymian und Lorbeer. Das war strenge Kost, und man kann sich vorstellen, was für ein Gesicht der arme Sancho dazu machte.

Zu diesem Suppentraining gesellte Tartarin aus Tarascon andere weise Maßnahmen. So strengte er sich, um sich an lange Märsche zu gewöhnen, nun an, jeden Morgen seinen Spaziergang um die Stadt sieben- oder achtmal zu wiederholen, einmal in schnellem Schritt, das andere Mal im Trab, die Ellbogen angelegt und zwei kleine weiße Kiesel im Munde nach antiker Sitte. Dann wollte er sich an den Nachtfrost gewöhnen, an Nebel und an Tau, und so ging er jeden Abend in seinen Garten hinüber und blieb da bis zehn oder elf Uhr nachts allein mit seinem Schießgewehr auf dem Anstand hinter dem Baum.

Und dann konnten die Mützenjäger, wenn sie sich bei Costecalde verspätet hatten, solange die Menagerie Mitaine in Tarascon blieb, im Schatten der Häuser einen geheimnisvollen Mann sehen, der auf dem Schlossplatz das Zirkuszelt unaufhörlich von links nach rechts und von rechts nach links umkreiste.

Das war Tartarin aus Tarascon, der sich daran gewöhnte, ohne Zittern das Gebrülle eines Löwen in der dunklen Nacht zu ertragen.

X. Vor der Abreise

Während nun Tartarin sich mit allen möglichen radikalen Mitteln trainierte, ließ ihn Tarascon nicht aus dem Auge. Alles drehte sich um ihn. Die Mützenangelegenheit war zu einer Angelegenheit zweiter Ordnung herabgesunken, die Romanzen moderten im Dunkeln des Vergessens. In der Apotheke Bézuquet schmachtete das Klavier unter seinem grünen Überzug, und die Kantharidenfliegen trockneten darauf, mit dem Bauch nach oben. Die Expedition Tartarin hatte alles kurz abgeschnitten.

Der Erfolg des Tarasconesen in den Salons war geradezu unglaublich. Man stritt sich um ihn, einer riss ihn dem anderen aus den Händen, man borgte sich ihn aus, man stahl sich ihn. Es gab keine größere Ehre auf der Welt für die Damen, als an Tartarins Arm in die Menagerie Mitaine zu gehen und sich vor dem Löwenkäfig erklären zu lassen, wie *er* sich auf der Jagd nach diesem Großwild halten würde. *So* musste man zielen und nicht anders, soviel Schritte entfernt, und dann das Nötige über die Zahl von Unglücksfällen usw.

Tartarin gab alle gewünschten Erklärungen, er hatte Jules Gérard gelesen und kannte die Löwenjagd aus dem Effeff, als hätte er sie selbst mitgemacht. Und so konnte er auch von diesen Dingen mit einem großen Aufwand von Beredsamkeit sprechen.

Aber ganz auf seiner Höhe war er erst beim Diner beim Präsidenten Ladevèze, als ihn der tapfere Kommandant Bravida, Monturenhauptmann a. D., von seinen künftigen Jagden erzählen ließ, während man den Mokka brachte und alle Gäste ihre Stühle zusammenrückten. Und jetzt erzählte der Held, die Ellbogen auf das Tischtuch aufgestützt, die Nasenspitze in seiner Mokkatasse, von den Gefahren, die ihn da unten erwarteten, und seine Stimme zitterte. Er erzählte, wie er in langen mondlosen Nächten auf dem Anstand ausharren wollte, er berichtete von Sümpfen und ihrem Pesthauch, er schilderte, wie das Laub der Oleanderbäume die Gewässer der Flussufer vergifte, er erzählte vom Schnee, dem glühenden Sonnenbrand, den Skorpionen, der Heuschreckenplage. Er schilderte die Sitten und Gebräuche der großen Löwen im Atlasgebirge, die Art, wie sie losgingen, ihre ungeheuerliche Kraft und ihre Wildheit zur Zeit der Brunst ...

Sodann entflammte er sich an seinem eigenen Bericht, erhob sich vom Tisch, und mit einem Satz sprang er mitten in den Speisesaal, ahmte das Gebrüll des Löwen nach, das Krachen eines Karabiners, piff, paff, das Zischen eines Dumdumgeschosses, brumm, brumm, er schlug um sich, er röhrte, schmiss die Stühle um.

Rund um den Tisch war alles erbleicht. Die Menschen sahen sich an, schüttelten den Kopf, die Frauen schlossen die Augen unter leisen Schreckensrufen, die alten Herren schwangen ihre langen Stöcke in kriegerischer Begeisterung, und in dem Zimmer daneben ängstigten sich fürchterlich die kleinen Kinderchen, die man früh zu Bett gebracht hatte, denn sie waren plötzlich von dem Gebrülle und von dem imitierten Flintengeknalle aufgewacht, und nun riefen sie nach Licht.

Aber: Tartarin zögerte, Tartarin reiste nicht ab.

XI. Degenstiche, meine Herren, Degenstiche, aber bitte keine Nadelstiche!

Hatte er wirklich allen Ernstes die Absicht, zu reisen? Eine delikate Frage, auf die der Historiograf Tartarins nicht mit ja, noch mit nein antworten möchte. Tatsache ist immerhin, dass die Menagerie Mitaine lange schon die Stadt verlassen hatte, während der Löwentöter immer noch nicht daran dachte, abzureisen. Er rührte sich nicht vom Fleck. Möglich war es ja immerhin, dass unser Held sich in aller Unschuld einbildete, dass er tatsächlich bereits nach Algier gegangen sei, er, ein armes blindes Opfer einer neuen Spiegelung. Es kann sein, dass er so lange von seinen künftigen Jagden erzählt hatte, dass er sich einbildete, er hätte sie wirklich bestanden, nicht mehr und nicht minder, als er die Konsularflagge in Schanghai gehisst und piff, paff, puff auf die Tataren geschossen hatte.

Nur war es ein großes Unglück, dass diesmal vielleicht Tartarin aus Tarascon ein Opfer dieser Spiegelung wurde, die Tarasconesen aber nicht. Drei Monate verstrichen in Erwartung; als man aber dann sah, dass der Jäger noch nicht einmal einen Koffer gepackt hatte, da fing man an zu murren.

»Das wird die gleiche Sache werden wie mit Schanghai«, sagte Costecalde und lachte dazu. Und das Wort des Büchsenmachers lief mit Blitzesschnelle durch die Stadt, und mit dem Glauben an Tartarin war es von nun an vorbei.

Die ewigen Kinder, die Männer mit dem großen Maul und dem kleinen Mut, Menschen wie Bézuquet, die vor einer Wanze die Flucht ergriffen, und die nicht einen Schuss abgeben konnten, ohne die Augen zu schließen, die kannten jetzt weder Gnade noch Erbarmen. Im Klub und auf der Promenade, wo sie den armen Tartarin trafen, da neckten sie ihn und witzelten:

»Und was das betrifft, wann geht es los?« Und im Laden Costecaldes hatte Tartarins Wort kein Gewicht mehr. Die Mützenjäger verleugneten ihr Oberhaupt.

Und dann häuften sich die Spottverse. Der Präsident Ladevèze, der gern in seinen Mußestunden so mit zwei Fingern der provenzalischen Muse den Hof machte, verfasste im Volksjargon ein Liedlein, welches großen Erfolg hatte. Es war die Rede von irgendeinem großen Mann Gervaïs, dessen fürchterliches Gewehr den letzten Löwen bis zum letzten Haar aus Afrika ausrotten sollte. Unglückseligerweise hatte dieses Gewehr eine vermaledeite Konstruktion, man konnte es laden und laden, und nie ging es los!

Und im Handumdrehen wurde das Liedchen populär und kam Tartarin vorbei, so sangen die Lastträger im Hafen ebenso wie die kleinen Schuhputzjungen vor seinem Hause:

Das Gewehr des lieben Herrn Gervaïs,
Geladen ist's immer, geladen ist's immer,
Das Gewehr des lieben Herrn Gervaïs,
Losgehen tut's nimmer, losgehen tut's nimmer.

Sie sangen es zwar in angemessener Entfernung angesichts seiner »doppelten Muskeln«, aber sie sangen es.

So wandelbar ist die Gunst der Masse in Tarascon!

Der große Mann tat, als sähe er nichts, als höre er nichts, aber im Grunde machte ihm dieser heimtückische, giftige Krieg viel Sorgen und Kummer. Er fühlte, wie ihm Tarascon entglitt, wie die Volksgunst sich anderen Zielen zuwandte, und das tat ihm fürchterlich weh.

Ach ja, vor der großen Schüssel der Volksgunst ist gut sitzen, aber wenn sie sich auf die andere Seite dreht, wenn einem die andere Seite besagter Schüssel auf den Kopf fällt, wie wehtut es, wie scheußlich verbrennt man sich!

Aber trotz seinem Herzenskummer lächelte Tartarin und führte in aller Ruhe sein gewohntes Dasein, als wäre nichts passiert.

Nur manchmal kam diese Maske einer heiteren Sorglosigkeit, die er sich aus Stolz umgebunden hatte, ins Rutschen. Dann war Schluss mit dem Lachen, man sah die Empörung, den Schmerz.

So sangen eines schönen Morgens die kleinen Stiefelputzer unter seinen Fenstern: »Das Gewehr des lieben Herrn Gervaïs«, und die Stimmen dieser Elenden drangen bis ins Zimmer des armen großen Mannes, der gerade im Begriff war, sich vor seinem Spiegel schönzumachen. (Tartarin trug Vollbart, aber wenn er zu stark wurde, musste er ihn stutzen.) Plötzlich öffnete sich mit Gewalt das Fenster, und Tartarin erschien in Hemdsärmeln, ein Tuch um den Kopf, eingeseift mit guter weißer Seife, er schwang sein Rasiermesser und seine Rasierschale, und nun kam es mit Donnerstimme aus seinem Munde:

»Degenstiche, meine Herren, Degenstiche! Aber bitte keine Nadelstiche, aber keine Nadelstiche!«

Herrliche Worte, wert ins große Buch der Geschichte geschrieben zu werden, schade nur, dass sie sich nur an diese kleinen Lausebengels wandten, die nicht größer waren als ihre Wichskasten, und an Kavaliere, schlechterdings außerstande, einen Degen zu führen!

XII. Was in dem kleinen Hause mit dem Baobab gesprochen wurde

Mitten in dem allgemeinen Abfall hielt bloß die Armee treu zu Tartarin. Der tapfere Kommandant Bravida, Monturenhauptmann a.D., entzog ihm von seiner Wertschätzung nicht ein Atom: »Ein Karnickel ist er«, dieser Worte ward er nicht müde, und dieses Urteil wog ebenso schwer in der Wagschale wie das Urteil des Apothekers Bézuquet. Nicht ein einziges Mal machte der tapfere Kommandant eine Anspielung auf die Reise nach Afrika. Und doch, als die Volkesstimme zu laut erbrauste, musste er ein Wörtlein sprechen.

Eines Abends war der unselige Tartarin allein in seinem Arbeitszimmer, er war in trübes Sinnen versunken, da sah er den Kommandanten eintreten, würdigen Schrittes, mit schwarzen Handschuhen, zugeknöpft bis an die Ohren.

»Tartarin«, sagte der alte Hauptmann mit Autorität, »Tartarin, es heißt scheiden.« Und er blieb in dem Türrahmen aufrecht und strammstehen, streng und groß wie der kategorische Imperativ.

Und Tartarin erfasste alles, was in diesem »Tartarin, es heißt scheiden« lag, ganz genau.

Sehr bleich erhob er sich, sandte seinen Blick voll Zärtlichkeit rings um das hübsche Zimmerchen mit seiner milden Wärme, voll von angenehmem Licht, blickte auf diesen breiten Lehnstuhl, das Ideal der Bequemlichkeit, seine Bücher, seinen Teppich, die großen weißen Vorhänge vor den Fenstern, hinter welchen die zarten Stämmchen seines Gartens zitterten und im Winde bebten. Dann schritt er dem Kapitän entgegen, dem tapferen Hauptmann a.D.; er nahm seine Hand, drückte sie mit Energie, und mit einer Stimme, in der Tränen mit stoischer Unerschütterlichkeit kämpften, sagte er zu ihm: »Ich werde gehen.«

Und er ging, wie er's versprochen. Nur nicht gleich in derselben Stunde. Man musste ihm doch Zeit lassen, sich auszurüsten.

Vor allem bestellte er bei Bompard zwei große messingbeschlagene Kisten mit einem langen Schilde, worauf zu lesen stand: Tartarin aus Tarascon. Waffenkiste.

Das Beschlagen und das Eingravieren kostete viel Zeit. Er bestellte auch bei Tartarin ein prachtvolles Reisealbum, um sein Tagebuch zu führen, seine Eindrücke wiederzugeben. Denn, mag man noch so viele Löwen jagen, man hat doch auf der Reise auch seine Gedanken und sein geistiges Leben.

Sodann ließ er aus Marseille eine ganze Wagenladung von Konserven kommen. Fleischextrakt in Tabletten, um daraus Bouillon zu machen, sodann ein Patentzelt neuester Erfindung, das man in einer Minute aufstellen und ebenso schnell zusammenrollen konnte, wasserdichte Stiefel, zwei Regenschirme, einen wasserdichten Überrock, eine blaue Brille zum Schutz der Augen gegen Krankheiten. Schließlich stellte ihm der Apotheker Bézuquet eine kleine Reiseapotheke zusammen, vollgestopft mit Heftpflaster, Arnika, Kampfer, Viermänneressig.

O du armer Tartarin! Was immer er tat, er dachte, er täte es nicht für sich. Aber er hoffte, durch alle diese Vorsichtsmaßregeln und zartgemeinten Aufmerksamkeiten die Wut des Tartarin-Sancho zu besänftigen, der, seitdem die Abreise beschlossene Sache war, bei Tag und bei Nacht zu toben nicht aufgehört hatte.

XIII. Die Abreise

Endlich kam er, der feierliche Tag, der große Tag.

Von Morgengrauen an war ganz Tarascon auf den Beinen, alles drängte sich auf der Straße nach Avignon und rings um die kleine Behausung mit dem Baobab zusammen. Menschenmassen in den Fenstern, auf dem Pflaster, auf den Bäumen. Schiffer von der Rhône, Lastträger, Schuhputzer und Kleinbürger, Weberinnen und Seidenspinnerinnen und der Klub; alles, was Beine hatte. Dazu noch Leute aus Beaucaire, die über die Brücke gekommen waren, Gärtner aus der Umgebung in Leiterwagen, mit großen Plachen überspannt, Winzer auf prächtigen Maultieren, die mit Bändern, Schleifchen, mit Quasten, mit Schellen und Glöckchen herausgeputzt waren. Dazu noch ein paar niedliche Mädchen aus Arles, die sich blaue Seidenbänder um die Stirn geschlungen hatten. Sie ritten hinter ihren Bräutigamen auf kleinen Pferdchen aus der Camargue, eisengrau von Farbe. Dieser gewaltige Menschenhaufen drückte und wälzte sich dahin bis vor das Tor des Herrn Tartarin, des guten Herrn Tartarin, der jetzt aufbrechen sollte, die Löwen zu töten bei den Törken!

Für Tarascon bedeutet nämlich Algier, Afrika, Griechenland, Persien, die Türkei, Mesopotamien, – alles das zusammen entspricht einem nebelhaften Reiche, fast einem Land der Mythologie, und dieses Land nennt man die Törkerei.

Und mitten in dem Kuddelmuddel kamen und gingen die Mützenjäger, stolz auf den Triumph ihres Herrn und Meisters, und wohin sie zogen, wo sie sich zeigten, da blieb eine Spur zurück, leuchtend von ihrer Glorie.

Vor dem Hause mit dem Baobab standen zwei große Karren. Von Zeit zu Zeit öffnete sich die kleine Tür, und man sah ein paar Personen, die mit gewichtiger Miene in dem kleinen Garten lustwandelten. Dazwischen brachten Leute die Koffer herbei, schleppten Kisten, Schlafsäcke, und alles wurde auf die Karren geladen.

Bei jedem neuen Gepäckstück ein neuer Schauer der Erregung in der Menge. Man rief jedes einzelne Stück laut aus. »Das ist das Patentzelt!« »Das da werden die Konserven sein!« »Die Apotheke!« »Die Waffenkisten!« Und die Mützenjäger gaben ihre Kommentare dazu.

Gegen zehn Uhr zeigte sich plötzlich große Bewegung in der Menge. Die Gartentür drehte sich mit mächtigem Krach in ihren Angeln. Ein einziger Schrei: »Er ist's! Er ist's!« Und er war es. Als er auf der Schwelle erschien, erschollen zwei Rufe des Staunens und des Schreckens aus der Menge: »Es ist ein Törke«, und: »Er trägt Brillen.«

Und tatsächlich hatte Tartarin aus Tarascon es für seine Pflicht gehalten, die Landestracht von Algier anzulegen, da er sich dorthin begab. Er trug also eine breite Pluderhose aus weißem Stoff, eine eng anliegende Jacke mit Metallknöpfen und einen roten Gürtel von zwei Fuß Breite um den Bauch. Der Hals war frei, die Stirne ausrasiert, und auf seinem Kopfe schwankte eine ungeheuerliche Chechia, eine rote Turbanmütze, gekrönt von einer blauen Quaste, die eine unwahrscheinliche Länge hatte. Und dazu noch zwei Riesengewehre, je eines auf einer Schulter; ein mächtiges Jagdmesser im Gürtel; eine Patronentasche hatte er auf dem Bauch, und auf der Hüfte schaukelte ein Revolver in seiner Lederhülle hin und her. Mehr war es nicht.

Ach Verzeihung, ich habe die Brille vergessen, eine riesige blaue Brille, die wohl den Zweck verfolgte, in das allzu bürgerliche Äußere unseres Helden eine kleine groteske Note zu bringen.

»Hoch Tartarin! Hoch Tartarin!« heulte das Volk. Der große Mann lächelte, aber er salutierte nicht, angesichts seiner Gewehre; die ihn behinderten. Im Übrigen wusste er jetzt, was es mit der Volksgunst auf sich hatte. Kann sein, dass er sogar im Grunde seines Herzens seine scheußlichen Landsleute verfluchte, denn sie waren es, die ihn zwangen, abzureisen, sein hübsches kleines Daheim mit den weißen Mauern, mit den kleinen grünen Fensterläden zu verlassen.

Aber wenn es auch so war, so schien es nicht so nach außen.

Stolz und ruhig, wenn auch etwas blass, trat er auf die Chaussee hinaus, besah sich seine Karren, und da alles stimmte, schlug er fröhlicher Dinge den Weg zur Bahn ein, ohne sich auch nur ein einziges Mal nach dem Hause mit dem Baobab umzuwenden. Hinter ihm kam der tapfere Kommandant Bravida, ehemaliger Hauptmann im Monturendepot, der Präsident Ladevèze, sodann der Büchsenmacher Costecalde, sodann die Mützenjäger, dann die Karren und zum Schluss das Volk.

Vor dem Bahnhof erwartete ihn der Stationschef, ein alter Afrikander von achtzehnhundertdreißig, um ihm die Hand mehrere Male mit Wärme zu drücken.

Der Expresszug Marseille-Paris war noch nicht gekommen. Tartarin und sein Gefolge begaben sich in den Wartesaal; um ein Gedränge zu verhindern, ließ der Stationschef hinter ihnen die Schranken schließen.

Eine Viertelstunde lang spazierte Tartarin kreuz und quer in dem Saal umher, mitten unter seinen Mützenjägern. Er erzählte ihnen von der Reise, seiner Jagd, und versprach, ihnen die Felle zu schicken. Er nahm in seinem Notizbüchlein Vormerkungen für Felle entgegen, als handele es sich um das Einschreiben für eine Quadrille.

Er war ruhig und sanft wie Sokrates mit seinem Schierlingsbecher. Er, der Tarasconese ohne Furcht und Tadel, hatte ein Wort für jedermann und für jedermann ein Lächeln. Er gab sich schlicht und war nichts als Liebenswürdigkeit, als wolle er nur ein gutes Andenken hinterlassen, nur Wehmut über sein Fernbleiben. Als alle die Mützenjäger ihren Herrn und Meister so reden hörten, traten ihnen allen Tränen in die Augen, manche bekamen Gewissensbisse, so der Präsident Ladevèze und der Apotheker Bézuquet; die Angestellten weinten in ihren

Ecken, draußen guckte das Volk durch die Gitter und schrie: »Hoch Tartarin!«

Endlich erklang das Signal; ein dumpfes Rollen, ein ohrenbetäubendes Zischen erschütterte die Gewölbebogen.

Einsteigen! Einsteigen!

»Leb' wohl, Tartarin, leb' wohl, Tartarin!«

»Lebt alle wohl!«, murmelte der große Mann, und wenn er die Wangen des braven Kommandanten Bravida küsste, so küsste er damit sein ganzes liebes Tarascon. Dann stürzte er zu den Geleisen, mitten in ein Abteil voll von Pariserinnen, die beinah vor Angst vergingen, als sie diesen sonderbaren Mann mit so viel Karabinern und Revolvern hineinstolpern sahen.

XIV. Der Hafen von Marseille. – An Bord! An Bord!

Am 1. Dezember des Jahres 186. sahen die Marseiller zu ihrem höchsten Erstaunen (es war Mittag, die Wintersonne der Provence schien, alles war hell, leuchtend klar), die Marseiller sahen also auf der Canebière einen Törken ausrücken, aber was für einen Törken! Seinesgleichen hatten sie nie gesehen, und doch weiß Gott, gibt es Törken genug in Marseille. Der betreffende Törke – muss ich es eigens sagen? – war der große Tartarin aus Tarascon, welcher die Kais entlang spazierte, gefolgt von seinen Waffenkisten, seiner Apotheke, seinen Konserven. Er wollte zum Ladeplatz der Kompanie Touache und zu dem Paketdampfer »Zuave«, der ihn da hinunterbringen sollte. Doch hatte er in seinen Ohren den Riesenapplaus der Tarasconesen. Er war berauscht von dem Licht des Himmels, von der Luft des Meeres. Strahlend schritt er dahin, seine Gewehre auf der Schulter, hoch erhoben das Haupt –, so betrachtete er mit unersättlichen Augen diesen wundervollen Hafen von Marseille, den er zum ersten Mal sah, und der ihn ganz aus dem Häuschen brachte. Der arme Mann glaubte zu träumen. Es kam ihm vor, als sei er Sindbad, der Seefahrer, und irre in einer traumhaften Stadt umher, wie es solche in Tausendundeiner Nacht gibt. So weit das Auge reichte, ein unabsehbares Gewimmel von Masten und Rahen, die sich kreuzten und durcheinander wirrten, Flaggen aller Länder, russische, griechische, schwedische, tunesische, amerikanische. Die Schiffe standen hart an der Mole, und ihre Bugspriete ragten über die Kaimauer wie eine Reihe von Bajonetten. Darüber sah man die Najaden, die mythologischen Göttinnen, die heiligen Jungfrauen und andere Gebilde aus bemaltem Holz, nach denen dann die Schiffe hießen – alles das angefressen von Seewasser, verwittert, halb vermodert, rau geworden ... und hier und da zwischen den Schiffen ein Stück Meer, wie auf einem großen Stück Tuch ein Flecken von Öl ... Auf dem Tauwerk zwischen den Rahen saßen unzählige Möwen, reizende kleine Tupfen auf dem Hintergrund eines tiefblauen Himmels; und Scharen von Schiffsjungen, die miteinander in allen Sprachen der Welt zwitscherten. Auf dem Kai, mitten zwischen den Abwässern der Seifenfabriken, den grünen, schwärzlichen, dicklichen Fluten, halb Öl und halb Lauge, thronte eine Armee von Zollbeamten, von Dienstmännern und Lastträgern mit ihren Bogheys, welche mit kleinen Pferden aus Korsika bespannt waren.

Dazu Magazine, mit grotesken Kleidungsstücken angefüllt, niedrige Hütten voller Rauch, wo die Matrosen sich ihr Essen kochten, Händler mit Pfeifen, Händler mit Affen, mit Seilen, mit Segeltuch, mit fantastischem Plunder. Es gab ein wirres Durcheinander von alten Feldschlangen, gewaltigen Messinglampen, von alten Schiffswinden, ausgedienten Ankern, die schon nicht mehr fassen konnten, Flaschenzügen, alten Kloben, verwitterten Sprachrohren und uralten Teleskopen aus der Zeit des Jean Bart. Dazwischen hockten Verkäuferinnen von allerhand Krabben und kreischten hinter ihren Körben. Matrosen liefen vorbei mit Kesseln voll Teer, mit dampfendem Essen und mit mächtigen Körben voller Seetiere, bis sie in dem milchigen Wasser der Brunnen waschen wollten; überall eine märchenhafte Fülle von Waren aller Art. Seidenstoffe, Minerale, Holz in Stämmen, Blei in Barren, Tuche, Zuckerrohr, Johannisbrot, Raps, Süßholz, Zucker in Säcken, Abendland und Morgenland wie Kraut und Rüben durcheinander. Dazu große Haufen von Holländerkäse, welchen die Genueserinnen mit der Hand rot gebeizt hatten.

Weiter unten der Getreidehafen. Die Lastträger entleerten ihre Getreidesäcke von hohen Gerüsten herab aufs Ufer. Das Getreide rinnt wie ein Gießbach aus Gold hinab, inmitten einer hellen Staubwolke. Männer mit rotem Fes auf den Köpfen lassen es Maß für Maß durch große Siebe aus Pergament hindurchrinnen, laden es dann auf kleine Karren, die dann davonfahren, gefolgt von einem Regiment Frauen und Kindern, die kleine Besen und Sammelkörbchen tragen.

Weiter hinunter sind die Reparaturdocks; große Schiffe liegen auf der Seite und werden abgesengt mit brennendem Gestrüpp, um den Seetang fortzubringen. Die Rahen tauchen ins Wasser. Betäubender Geruch nach Harz, ohrenzerreißender Lärm, denn die Schiffszimmerleute beschlagen die Kiele der Schiffe mit gewaltigen Platten aus Kupfer. Hier und da zwischen den Masten ein heller Streifen, und dort sah Tartarin die Hafeneinfahrt, hier war das große Kommen und Gehen der Schiffe; es stach eine englische Fregatte nach Malta in See, blitzblank, reizend gebaut, auf Deck Offiziere mit gelben Handschuhen, dort lichtet eine große Brigg aus Marseille die Anker, umtobt von Schreien und Flüchen, und auf dem Achterdeck steht ein dicker Kapitän im Paletot und Zylinder, der das Manöver im provenzalischen Dialekt kommandiert. Andere Schiffe hatten alle Segel aufgesetzt und flogen mehr als sie liefen. Aber es kamen auch einige langsam mitten in der Sonne und vom Horizont herein, näherten sich, als schwebten sie durch die Luft.

Ohne eine Sekunde Pause ein schauderhafter Krach, Kettenrasseln, das »Oh-jupp« der Matrosen, Flüche, Fetzen von Liedern, das Zischen der Ventile bei den Dampfschiffen, dazu noch Trommeln und Trompeten von dem Fort Saint-Jean, vom Fort die Glocken von der Kathedrale La Major, von Saint-Victor, von Accoules. Und darüber der Mistral, der alle diese Rufe in sich aufnahm, diesen Lärm, diese Geräusche, um sie durcheinander zu rollen, sie zu schütteln, sie mit seinem eigenen Ton zu mischen; und der Endeffekt war eine Tollhausmusik, wild und heldenhaft, eine große Fanfare der weiten schönen Welt, ein Fanfarenruf, der einem Lust machte zu reisen, weit fortzugehen, auf Flügeln die Welt zu durchmessen.

Und zum Klang dieser herrlichen Fanfare brach Tartarin aus Tarascon, der Held ohne Furcht und Tadel, auf, das Land der Löwen zu gewinnen.

Zweiter Teil. Bei den Törken

I. Die Überfahrt – Die Chechia in fünffach verschiedener Positur – Der Abend des dritten Tages – Erbarmen!

Was würde ich dafür geben, meine lieben Leser, wäre ich ein Maler, ein ganz großer Maler, um Ihnen hier am Beginn des zweiten Teiles des Buches die fünf verschiedenen Posituren nachzuzeichnen, die Tartarins Chechia in den drei Tagen Überfahrt zwischen Frankreich und Algier annahm. Also Numero I. Ich zeigte sie Ihnen am liebsten zuerst so, wie sie, die Chechia, bei der Abfahrt noch in dem Hafen sich ausnahm, eine Strahlenkrone um dieses schöne tarasconesische Haupt. Sodann Numero II bei der Ausfahrt aus dem Hafen, sobald die »Zuave« langsam anfängt, auf den Wellen zu schaukeln. Ich möchte sie dann zeichnen, wie sie zittert, wie sie etwas benommen wird, die ersten Anzeichen kommenden Leidens fühlend. Sodann III. im Golf von Lyon, wie sie sich umwölkt in dem Maße, als man das offene Meer gewinnt und die See etwas härteren Wellenschlag bekommt –, da würde ich sie malen im Kampfe mit den Mächten des Sturmes, wie sie sich in panischem Entsetzen auf dem Schädel des Helden aufreckt und die große Quaste aus blauer Wolle sich sträubt im Gischt des Meeres, im Sturm der Wogen. IV. Positur: sechs Uhr abends, im Angesicht der Insel Korsika. Die unselige Chechia beugt sich über das Geländer, mit tiefer Trauer im Herzen schaut sie in die Flut, ermisst deren Tiefe ... Endlich, V. und letzte Positur: im Winkel einer Kabine, die so groß ist wie eine Streichholzschachtel, in einem winzigen Bett, das wie eine Schublade aussieht: Da treibt sich eine undefinierbare, formlose, verzweifelte Sache umher, wimmernd und stöhnend rollt es auf den Kissen auf und nieder. Was ist es? Kann das die heldenhafte Chechia der Abreise sein, die jetzt zum gemeinen Stand einer Nachtmütze herabgesunken ist, wie sie sich ein wachsgesichtiger, krampfgeschüttelter, armer, kranker Teufel bis über die Ohren gezogen hat? ...

Ach! Hätten die Tarasconesen ihren großen Tartarin jetzt sehen können, wie er in dem tristen, grauen Licht, das durch die Kabinenfenster fiel, wie er mitten in dem langweiligen faden Küchenbrodem und dem Modergeruch des nassen Holzes, in den brechreizerregenden Düften des Dampfers dalag, gebettet in eine Schublade! Hätten sie nur hören können, wie er röchelte bei jedem Schlag der Schraube, wie er alle fünf Minuten nach Tee verlangte und wie er mit schwacher Kinderstimme gegen den Steward aufbegehrte ... sie hätten bereut, ihn zur Abreise gezwungen zu haben. Mein Ehrenwort als Historiograf!! Der arme Törk musste einem leidtun. Das Übel, die Seekrankheit, hatte ihn so plötzlich angefallen, dass er nicht gewagt hatte, seinen algerischen Gürtel zu lockern, noch auch sich seines Waffenarsenals zu entledigen. Das Jagdmesser mit dem gewaltigen Griff zerquetschte ihm die Brust, das Leder der Revolvertasche war eine furchtbare Pein für seine Beine. Aber nicht genug daran, musste er auch das Meckern des Tartarin-Sancho ertragen, der wimmerte und fluchte: »Du Mordsviech! ... Habe ich es dir nicht gesagt? ... Ja schön, da hast du jetzt dein Afrika. Ist es nicht zum K ...?«

Und noch eine allerschärfste Verschärfung: Der arme Teufel musste in dem Winkel seiner Kabine anhören, wie die Reisenden im großen Salon lachten, wie sie speisten, wie sie sangen, wie sie sich mit Kartenspielen unterhielten. Es gab eine Unmasse Menschen auf der »Zuave«, und alle unbändig lustig. Offiziere kehrten zu ihrem Truppenteil zurück, dann gab es Damen aus dem »Alkazar« in Marseille, wandernde Komödianten, einen reichen Muselmann, der aus Mekka heimkehrte, einen montenegrinischen Prinzen, tollen Kunden, der voll Humor war und der Ravel und Gil Perez zu kopieren verstand. Und nicht einer von ihnen hatte unter der Seekrankheit zu leiden. Sie verbrachten ihre Zeit mit Champagnertrinken in der Gesellschaft des Schiffskapitäns, eines guten, dicken Genießers aus Marseille, der eine Familie in Marseille hatte und ebenso eine in Algier, und der auf den lustigen Namen Barbassou hörte.

Tartarin aus Tarascon trug tödlichen Groll gegen dieses ganze Gelichter im Herzen. Diese Fröhlichkeit war wie ein Widerhaken in seiner Wunde.

Endlich gab es am Abend des dritten Tages eine Bewegung an Bord, die außergewöhnlich war, und die unsern Helden aus seinem langen öden Dämmerzustand herausriss. Die Glocke auf dem Vorderschiff schlug an. Man hörte die Matrosen mit ihren mächtigen Stiefeln über die Planken trampeln.

»Maschine Volldampf vor-aus! Maschine Volldampf zu-rück!« so schrie die Eisenfresserstimme des Kapitäns Barbassou.

Sodann: »Maschine stopp!« Ein mächtiger Ruck, ein Zittern und Beben und Todesstille ... Nichts als ein Schiff, das lautlos von rechts nach links und von links nach rechts schaukelt – wie ein Freiballon in der Luft ...

Dieses unbegreifliche Schweigen erschreckte den Tarasconesen aufs Höchste.

»Erbarmen! Wir gehen unter!« schrie er mit furchtbarer Stimme. Wie durch Zauber hatte er seine Kräfte wieder, mit einem Riesensprung setzte er aus seinem Lotterbett und stürzte an Bord, beladen mit seinem Waffenarsenal.

II. Auf, auf, zu den Waffen! Zu den Waffen!

Aber von Sinken war keine Rede, nur vom Landen.

Der »Zuave« war in die Reede eingelaufen, in einen schönen Innenhafen mit dunklem tiefen Wasser, das aber ruhig, düster, fast einsam dalag. Gegenüber erhob sich auf einem Hügel das weiße Algier mit seinen elfenbeinfarbenen Häuschen, die gegen das Meer hinabgestreut waren, eines eng ans andere gedrängt. Die Bleiche einer Wäscherin auf dem Hügelgelände von Meudon. Aber darüber ein Himmel, so blau, so blau wie – – aber man glaubt es ja doch nicht ...

Der berühmte Tartarin hatte sich schon etwas von seinem Schreck erholt, er guckte sich die Landschaft an und lauschte dabei mit Respekt dem Prinzen aus Montenegro, der an seiner Seite stand und ihm die verschiedenen Stadtteile benannte: die Casbah, die obere Stadt, die Straße Bab-Azoun. Der hatte etwas los, dieser Montenegrinerprinz. Er hatte eine Erziehung 1a, und außerdem sprach er arabisch wie ein Wasserfall. Es lag daher Tartarin sehr viel daran, diese Bekanntschaft zu pflegen ... Plötzlich gewahrte Tartarin an der Reling, an die sie sich gelehnt hatten, eine Reihe von rabenschwarzen Händen (Handschuhnummer 7½), die sich von draußen emporhangelten. Fast im gleichen Augenblick sah er vor sich einen schwarzen Wollkopf auftauchen, und bevor er Muh sagen konnte, war das Deck von allen Seiten her überflutet von so ein paar hundert Piraten, schwarzen, kaffeefarbenen, gelben, halbnackten, abscheuerweckenden, schrecklichen ...

Diese Piraten, Tartarin kennt sie. Sie sind die Euch oder besser gesagt die Sie, die er nachts sooft gesucht in den Gassen von Tarascon. Endlich hatten die Eucher sich entschlossen, da zu sein.

Vorerst stand er in seiner Überraschung da wie aus Gips gegossen. Aber als er sah, wie die Freibeuter sich auf das Gepäck stürzten, wie sie die Plache fortrissen, welche dieses bedeckt hatte, und mit einem Worte, wie sie das Schiff auszuplündern begannen, da erwachte der Heros in ihm, er holte sein Bowiemesser aus der Scheide. »Zu den Waffen! Drauf und dran!« schrie er den Reisenden zu. Und er, als der erste von allen, rückte an gegen die Piraten.

»Ques aco?«, fragte der Kapitän Barbassou, der von der Kommandobrücke herunterkam: »Was gibt's denn? Was ham's denn?«

»Ah, Sie sind's, Kapitän! Schnell, schnell, lassen Sie Ihre Leute unter die Gewehre treten!«

»He! Wozu das, Herrgottssakra!«

»Ja, haben Sie keine Augen im Schädel? Können Sie nicht sehen?«

»Na, was denn?«

»Das ... da doch ... Die Freibeuter ... vor Ihnen ...« Der Kapitän starrte ihn an, als wäre er aus dem vierten Stock herabgefallen. In diesem Augenblick schoss so ein Riesenkerl von einem Neger gerade vorbei mit der vierten Geschwindigkeit, die Reiseapotheke des Helden auf dem Buckel.

»Du Elender! Das büßt du mir! Halt! Halt sage ich!« heulte der Tarasconese. Und los, Sprung vorwärts!

Barbassou kriegte ihn gerade noch am Schlafittchen und zerrte ihn an seinem Bauchgurt zurück: »Wirst mal stad sein, oder des Teufels Großmutter soll dich in der Luft zerreißen! Das sind keine Freibeuter. Das gibt's doch gar nicht mehr, dass es Freibeuter gibt ... Dienstmänner sind's.«

»O Gott! Dienstmänner!«

»No ja! No ja! Dienstmänner, versteht sich, die wollen das Gepäck an Land bringen. Also fort mit ihrem Jack, dem Aufschlitzer, ich bitte um ihren Fahrschein, und halten Sie sich hinter diesem Neger, einem Prachtkerl, der Sie ans Land führen wird und auch ins Hotel, wenn Sie wollen.«

Tartarin gab also ein wenig konfus seinen Fahrschein ab und folgte dem Neger, stieg über das Fallreep in ein großes Boot, das an der Seite des Dampfers sich wiegte. Sein ganzes Gepäck war hier schon beisammen, Koffer, Waffenkisten, Lebensmittelkonserven, und da diese so ziemlich die Barke ausfüllten, brauchte man nicht auf andere Passagiere zu warten. Der Neger kletterte auf den Gipfel der Koffer und hockte sich dort nieder wie ein Affe, die Knie mit den Händen umfassend. Ein anderer Neger fasste die Riemen ... Beide guckten Tartarin an, lachten und zeigten ihre blendenden Gebisse.

An der Spitze des Bootes stand Tartarin in strammer Haltung, auf seinem Antlitz trug er den schrecklichen Ausdruck, der seine Landsleute wie eine Medusenmaske versteinert hatte. Und dabei drehte er fieberhaft den Griff seines Bowiemessers hin und her. Denn mochte ihm Barbassou gesagt haben, was immer, er war nur halb beruhigt über die Endabsichten dieser Dienstmänner aus Ebenholz, die so wenig ihren Kollegen in Tarascon glichen, den alten Ehrenmännern.

Fünf Minuten später stieß die Barke an Land, und Tartarin setzte seinen Fuß auf den kleinen Barbareskenkai, die geheiligte Stelle, wo dreihundert Jahre früher ein spanischer Galeerensträfling namens Miguel Cervantes – unter der Fuchtel eines algerischen Aufsehers – einen übermenschlich schönen Roman sich ausgedacht hatte, der sich nennen sollte »Don Quichotte«.

III. Anrufung des heiligen Cervantes – Ausgeschifft! – Die Törken, wo sind sie? Keine Törken nicht! Enttäuschung

Oh, Miguel Cervantes Saavedra! Ist es wahr, was man sich erzählt? Schwebt etwas irrend über den Orten und

Stätten, wo ein großer Mann gelebt, bleibt etwas von ihm erhalten bis ans Ende der Tage an dem geheiligten Ort? Dann muss, was von dir erhalten blieb am Barbareskenstrande, vor Lust gejauchzt haben, als vor deinem unsterblichen Auge Tartarin ausstieg, dieses Prachtexemplar eines Südfranzosen, in dem die beiden Helden deines Buches, Don Quichotte und Sancho Pansa, wieder ein Fleisch und Blut geworden sind.

Die Luft war an diesem Tage herrlich warm. Über den Kai rieselten geradezu Ströme von Licht. Da sah man nur fünf bis sechs Zollbeamte, dann Algerier, die auf Nachrichten aus Frankreich warteten, ein paar Mauren, die dahockten, aus langen Pfeifen schmauchend, Matrosen von Malta, gewaltige Netze handhabend, in deren Maschen Millionen von Sardinen wie Silbergroschen glitzerten.

Aber kaum hatte Tartarin den Fuß ans Land gesetzt, als der Kai Leben gewann und ein ganz anderes Aussehen bekam. Eine Bande von Wilden, noch scheußlicher als die Freibeuter des Schiffes, drängte sich auf dem mit Kieseln gepflasterten Ufer in einem Knäuel zusammen, um sich vereint auf den Ankömmling zu stürzen. Riesenlackel von Arabern mit einem Leinenhemd und nichts drunter, kleine Araber mit Fes, Neger, Tuniser, Mahonnesen, M'zabiter, Hotelangestellte in weißen Schürzen, alles schrie durcheinander, klammerte sich wie Kletten an Tartarins Kleider, heulte, balgte sich um das Gepäck, einer lief mit den Konserven davon, der andere mit der Apotheke, und alle warfen ihm in einem höllischen Tumult und Durcheinander die Namen von Hotels entgegen, und Namen, einen chinesischer als den anderen. Von diesem Kuddelmuddel war er wie vor den Kopf geschlagen. Der arme Kerl von Tartarin rannte hin und her, fluchte und wetterte, er kam von Verstand. Er stürzte hinter seinem Gepäck einher, dabei wusste er nicht, wie sich verständlich machen bei diesen Hottentotten, er wollte sie mit Französisch locken, auch mit Provenzalisch, er dachte auch an das Kuchellatein: Rosa, das ist die Rose, Hotelus, das ist das Hotel, Kofferus ist ein Koffer – soviel er eben wusste. Seine Rede war Schall und Rauch. Vergebene Liebesmüh. Ein Glück nur, dass ein Mann, bekleidet mit einer Art Kaftan und einer eng geknöpften Weste aus gelbem Stoff, bewaffnet mit einem langen Wanderstab, wie ein homerischer Gott im Getümmel auftauchte; ihm gelang es sofort, diesen ganzen Abschaum der Menschheit mit seinem Stock auseinander zu jagen. Es war ein Schupomann von Algier! Sehr höflich lud er Tartarin ein, im Hotel d'Europe abzusteigen, und er übergab ihn einigen ortsangesessenen Angestellten, die ihn und sein Gepäck in ein paar Gepäckkarren dorthin bringen sollten.

Schon bei den ersten Schritten auf dem Boden von Algier riss Tartarin die Augen sperrangelweit auf. Vorgestellt hatte er sich eine orientalische Stadt, etwas wie ein Feenmärchen in Gala-Ausstattung, etwas Mythologisches, so ungefähr in der Mitte zwischen Konstantinopel und Sansibar ... Was er sah, war Tarascon Numero II. Kaffeehäuser! Restaurants, breite Straßen, vierstöckige Häuser, ein kleiner asphaltierter Platz, wo eine Militärkapelle eine Polka von Offenbach spielte. Herren, die auf Rohrstühlen dasaßen und Bier tranken oder Spritzkuchen aßen; dann Damen, auch zweifelhafte, eine

Menge Militär und – – kein Törk! Nur er!! Es lässt sich denken, dass ihm unter solchen Umständen das Überqueren des Platzes schwer fiel. Aller Augen Blicke richteten sich auf ihn allein. Die Musiker in Uniform machten eine Pause. Die Polka von Offenbach blieb stehen, einen Fuß in der Luft. Zwei Schießprügel, jeden auf einer anderen Schulter, Revolver an die Seite geschnallt, Wildwest und dabei majestätisch, ein zweiter Robinson Crusoe, so machte Tartarin mit ernster Miene seinen Parademarsch vor allen Gruppen. Aber als er ins Hotel kam, wurden seine Knie schwach. Die Abreise aus Tarascon, der Hafen von Marseille, die Überfahrt, der Montenegrinerprinz, die Freibeuter, alles brodelte und kochte und wogte in seinem Schädel auf und nieder. Man musste ihn stützen, musste ihn vorsichtig auf sein Zimmer bringen, ihn entwaffnen, entkleiden. Schon hieß es, wo ist der Arzt? Da begann der Held, kaum dass seine Wange das Kissen berührt hatte, so laut zu schnarchen, so aus vollem Herzen, dass der Gastwirt entschied, wir brauchen keine Hilfe von der Wissenschaft – und auf den Zehen zog sich männiglich diskret zurück.

IV. Dieses ist der erste Streich

Drei Uhr schlug es auf dem Turm des Regierungsgebäudes, als Tartarin erwachte. Er hatte den ganzen Abend verschlafen, die ganze Nacht, den ganzen Vormittag und noch dazu ein schönes Stück vom Nachmittag. Man muss ja allerdings zugeben, dass seit den letzten drei Tagen die Chechia allerhand mitgemacht hatte. Als der Held die Augen aufschlug, war sein erster Gedanke: »Ich bin im Lande der Löwen«, und weshalb soll ich es verschweigen, wenn er sich vorstellte, die Bestien wären ganz in der Nähe, zwei Schritt entfernt, fast unter der Hand, und man müsse einige von ihnen abmurksen, brr, da überlief's ihn kalt, und er, der Mann ohne Furcht, verkroch sich untadelig unter seine Decke.

Aber nach fünf Minuten hatte er seinen alten Heroismus wieder, und wieso? Nur dank einem Himmel von unwahrscheinlich schönem Blau, dank der ganzen Heiterkeit der Natur draußen, der prachtvollen Sonne, die in das Zimmer strömte, dank einem feinen kleinen Dejeuner, das er sich ans Bett bringen ließ (eine Flasche fabelhaften Weins aus Crescia nicht zu vergessen) ... und dazu die Aussicht auf das Meer durch das weit geöffnete Fenster.

»Auf zum Löwen!«, schrie er, warf seine Decke zurück und kleidete sich eiligst an.

Nun, das war sein Kriegsplan: Erst einmal aus der Stadt heraus, ohne jemand etwas zu verraten, dann mitten hinein in die Wüste, wo sie am wüstesten ist, die Nacht abwarten, sich auf die Lauer legen und dann auf den ersten Löwen, der vorbeiläuft, piff, puff, drauf und dran! ... Dann wieder heim, am nächsten Morgen Frühstück im Hotel d'Europe, Entgegennahme der Glückwünsche der Algerier und Mieten eines Karrens, um das Biest heim zu transportieren.

Er bewaffnete sich also in aller Eile und lud sich das Patentzelt auf den Rücken. Freilich ragte die dicke Zeltstange mindestens einen Fuß über seinen Kopf hinweg. Und nun stieg er steif wie ein Ladestock auf die Straße hinab. Jetzt nur niemand nach dem Wege fragen, damit man seine Pläne nicht erraten solle – und schon wandte er sich stracks nach rechts und folgte den Arkaden der Bab-Azoun bis ans Ende. Aus dem Inneren ihrer schwarzen Buden sahen ihn Scharen von algerischen Juden vorbeikommen. Sie kauerten wie Spinnen in einem finsteren Winkel ihrer Läden. Dann überquerte er den Theaterplatz, kam durch die Vorstadt und schließlich auf die große Chaussee von Mustapha. Auf dieser Landstraße gab es ein tolles Tohuwabohu. Omnibusse, Droschken, zweirädrige Karren, Trainwagen, gewaltige Ochsengespanne mit mächtigen Fuhren Heu, Afrikajäger in Schwadronen, Herden von winzig kleinen Eselchen, Negerinnen, welche Kuchen verkauften, Wagen mit Elsässern, die ausgewandert waren, Spahis in roten Mänteln, das schob sich in einem Wirbelsturm von Staub dahin, in einer Wolke von Gesang, Geschrei und Trompetenblasen; so zog dieser Hexensabbat zwischen zwei Reihen von niederträchtigen Hütten einher, in denen man große Weiber aus Mahon sah, die sich vor ihren Türen die Haare kämmten, zwischen Wirtshäusern voller Soldaten, Fleischerläden und den Buden der Abdecker.

»Ach, was haben mir die Leute da von ihrem Orient vorgeschwindelt?«, dachte der große Tartarin. »Es gibt hier noch weniger Törken als in Marseille.«

Da sah er plötzlich ganz nahe ein fabelhaftes Kamel vorbeikommen, wie es seine langen Beine streckte und dabei den Hals, einem Truthahn gleich, stolz zurückwarf. Das ließ denn doch sein Herz höher schlagen.

Also es gab schon Kamele! Weit konnten die Löwen nicht mehr sein. Und tatsächlich sah er nach fünf Minuten, wie eine ganze Truppe von Löwenjägern mit geschulterten Gewehren ihm entgegenmarschierte.

»Feiges Gesindel«, sagte unser Held, als er an ihnen vorbeikam, »feige Bande«! Geht da eine ganze Kompanie auf die Löwenjagd, und noch dazu mit Hunden! Denn man muss wissen, er hatte es sich niemals anders vorgestellt, als dass man in Algier einzig und allem auf Löwen jagen konnte. Aber die Jäger hatten doch viel eher das harmlose Aussehen von Kleinrentnern, die von ihren Zinsen lebten. Und dabei erschien ihm diese ganze Art, den Löwen mit Hunden zu jagen, und dabei auch die Jagdtasche nicht zu vergessen, so altväterlich, dass unser Tarasconese doch ein bisschen unsicher wurde und glaubte, er müsse einen von diesen Herren ansprechen.

»Und was das betrifft, Kamerad, gute Jagd?« »Könnte schlimmer sein«, erwiderte der andere und betrachtete mit weit aufgerissenen Augen entsetzt das beträchtliche Arsenal des Kriegers aus Tarascon.

»Sie haben ihn abgemurkst?«

»Aber natürlich ... es war gar nicht einmal so schlecht. Gucken Sie doch mal her!« Und der Jäger aus Algier wies auf seine Jagdtasche, die beinahe platzte, so sehr war sie mit Hasen und mit Schnepfen vollgepfropft.

»Nanu, was ist denn das?«, fragte Tartarin. »Sie stecken ihn in die Jagdtasche?«

»Na, wo soll ich sie denn sonst hintun?«

»Na ja, nun gut, das ist dann ... das müssen dann wohl ganz kleine sein?«

»Kleine und große auch«, sagte der Jäger, und da er Eile hatte, heim zu kommen, holte er mit großen Schritten seine Kameraden ein.

Tartarin, der Mann ohne Furcht und Tadel, blieb wie angenagelt mitten auf der Straße stehen. Dann überlegte er sich die Sache und sagte:

»Ach was, Aufschneider sind es, nichts haben sie abgemurkst.« Und er setzte seinen Weg fort.

Schon zeigten sich Lücken zwischen den Häusern und zwischen den Menschen; es senkte sich die Nacht nieder, die Dinge verschwommen ineinander. Tartarin aus Tarascon marschierte noch eine halbe Stunde. Endlich blieb er stehen, nun war es vollends Nacht; Nacht ohne Mond, ohne Sternenschimmer. Niemand auf der Straße. Immerhin dachte doch der Held daran, dass zwischen einem Löwen und einem Omnibus ein Unterschied bestehe, und dass sich die großen Löwen doch nicht ganz streng an die große Chaussee halten würden. Er ging weiter feldein. Bei jedem Schritt kam er über Gräben, über Hecken und Unterholz. Schad' nix, immer feste voran. Plötzlich halt! »Da in der Luft spüre ich etwas von Löwen. Hier muss es sein«, sagte sich unser Mann, und er witterte kräftig nach rechts und nach links.

V. Piff, paff, puff

Es war eine weite verlassene Fläche, die von groteskem Pflanzenwerk starrte. Diese orientalischen Pflanzen hatten ganz das Aussehen von bösartigen Bestien. Sanft schimmerte die Ferne, der Schatten der Pflanzen zerfloss auf dem Boden und dehnte sich nach links und rechts.

Auf der einen Seite dämmerte undeutlich das schwere Massiv eines Berges, vielleicht des Atlas? Zur Linken das Meer, das man nicht sah, und das dumpf rauschte. Richtig so ein Dschungel für wilde Bestien.

Das eine Gewehr legte Tartarin vor sich hin, ein anderes hatte er in der Hand, und schon kniete er auf einem Bein und wartete, wartete eine Stunde. Zwei Stunden. Nichts! Nun erinnerte er sich, dass in seinen Büchern die großen Löwenjäger niemals auf die Jagd gingen, ohne ein Zickelchen mitzunehmen, welches sie ein paar Schritte weiter vorn anbanden. Dann zerrten sie es mit einer Schnur am Bein, bis es schrie. Da sich nun der Tarasconese nicht im Besitz eines Zickelchens befand, kam er auf die Idee, es mit einer Kopie zu versuchen und begann nun mit einer Meckerstimme loszulegen: »Mäh, mäh«, zuerst ganz leise, denn im Grunde seines Herzens hatte er doch Angst, der Löwe könnte ihn hören. Als er aber dann merkte, dass nichts kam, meckerte er lauter: »Mäh, mäh, mäh.« Immer noch nichts. Nun riss ihm die Geduld, und er begann mit aller Kraft und fast ohne Pause: »Mäh, mäh, mäh« mit solcher Donnergewalt, dass das Zickelchen viel eher einem ausgewachsenen Ochsen glich.

Und jetzt plötzlich löste sich ein paar Schritte vor ihm irgendein großes gigantisches Wesen vom Boden ab. Er verstummte. Das Wesen bückte sich, schnupperte an der Erde hin, sprang empor, rollte sich zusammen, zog im Galopp los, kam dann zurück und stand still.

Der Löwe war es, kein Zweifel! Und nun sah man ganz genau seine vier kurzen Pranken, seinen erschrecklichen Nacken und die zwei Lichter, die großen Augen, welche im Dunkeln leuchteten. Gewehr ran! Gewehr ran! Feuer, piff, paff! So, das war getan! Nun einen Sprung in Deckung und das Jagdmesser zur Hand.

Auf das Feuer des Tarasconesen antwortete ein schreckliches Heulen.

»Er hat sein Fett weg«, schrie der gute Tartarin, pflanzte sich auf seinen festen Beinen auf, um dergestalt das Biest zu empfangen. Aber dieses hatte mehr als es brauchte, und machte sich im schnellsten Galopp, immerzu heulend, davon. Er aber rührte sich nicht vom Fleck. Er erwartete das Weibchen, immer wie es in seinen Büchern stand.

Unglückseligerweise kam das Weibchen nicht. Nachdem er nun zwei bis drei Stunden gewartet hatte, wurde der Tarasconese müde. Der Boden war feucht, die Nacht wurde frisch, der Wind von der See stach. »Na, wie wär's, wenn ich ein Nickerchen täte, bis der Morgen kommt«, sagte er zu sich, und um dem Rheumatismus aus dem Wege zu gehen, dachte er an sein Patentzelt. Aber verflucht und zugenäht, dieses Patentzelt war so genial ausgedacht, dass man es nicht richtig aufkriegen konnte. Er konnte Blut und Wasser schwitzen, stundenlang, stundenlang, das verdammte Zelt öffnete sich nicht. Es gibt Regenschirme, die bei einem Wolkenbruch sich genau die gleiche Extratour erlauben. Schließlich hatte der Tarasconese den Krieg mit dem Patentzelt satt, er schmiss es zu Boden, legte sich darauf, fluchte, wie es nur ein Provenzale kann, ein Mann, wie er es war.

Ta, ta, ra ta tattara!

»Nanu, was gibt's denn?«, fragte Tartarin, der erwacht und entsetzt aufgesprungen war.

Es waren die Hörner der Afrikajäger, die in den Kasernen von Mustapha ihr Morgenständchen bliesen. Der Löwentöter rieb sich erstaunt die Augen. Er hatte doch geglaubt, mitten in der Wüste zu sein, und wisst ihr, wo er war? In einem Artischockenfeld, zwischen einem Beet mit Blumenkohl und einem Beet mit Rübchen.

Seine Sahara trug Gemüse.

Ganz nahe leuchteten auf den grünen schönen Hängen des oberen Mustapha algerische Landhäuser blendend weiß in dem Morgentau. Man hätte geglaubt, bei Marseille zu sein, mitten zwischen den Bastides und den Bastidons. Es war eine schläfrige Landschaft für Kleinbürger, eine Gegend für den Hausgebrauch. Das ging dem armen Mann sehr auf die Nerven und machte seine Laune zu Essig. »Ist es nicht blöd von den Leuten«, sagte er zu sich, »Artischocken in dem Jagdgrund von Löwen zu bauen? Ich habe doch schließlich nicht geträumt. Die Löwen kommen doch bis hierher ran, und hier ist der Beweis.«

Der Beweis waren Blutstropfen, welche die Bestie auf der Flucht hinter sich gelassen hatte. Er beugte sich nun höchst angespannten Blicks auf die blutige Spur. Sodann rückte der tapfere Kämpe aus Tarascon mit dem Revolver in der Hand von Artischocke zu Artischocke vor bis zu einem kleinen Haferfeld. Hier war das Getreide zerstampft. Es zeigte sich eine dunkle Lache und mitten in ihr lag auf der Seite, blutend aus einer gewaltigen Stirnwunde ein ... raten Sie einmal?

»Ein Löwe, was sonst?«

Nein, im Gegenteil, ein Esel, einer von diesen Miniatureseln, die es in Afrika so zahlreich wie Heuschrecken gibt, und die man dort I-a-Ponys nennt.

VI. Das Weibchen zeigt sich. – Furchtbarer Kampf. – Wo sich die Karnickel »Guten Tag« sagen

Zuerst regte sich in Tartarin beim Anblick seines unseligen Opfers nur Ärger und Verdruss. Es ist ja auch wirklich allerhand Unterschied zwischen einem Löwen und einem I-a-Pony. Aber die zweite Regung war nichts als reines Mitleid. Das arme Eselchen war so hübsch. Es sah so gutmütig aus, das Fell an seiner Flanke war noch warm, senkte sich und hob sich wie eine Welle. Tartarin bückte sich und versuchte mit einem Ende seines algerischen Gürtels das Blut des armen Tieres zu stillen; und man wird sich nicht leicht einen rührenderen Anblick denken können als diesen großen Mann, wie er das kleine Eselchen betreut.

Als das Eselein die Berührung mit der Seide des Gürtels spürte (es hatte noch gerade für zwei Groschen Leben in sich), öffnete es sein großes graues Auge, wackelte zwei- oder dreimal mit seinen großen Ohren, wie um zu sagen: »Danke, danke.«

Dann ein letztes Zusammenkrampfen des Körpers vom Kopfe bis zum Schwanz, und das Tier rührte sich nicht mehr.

»Grauchen! Grauchen!« hörte man plötzlich eine angsterstickte Stimme. Zugleich regten sich in einem nahen Gehölz die Zweige. Tartarin hatte nicht einmal Zeit aufzustehen und sich zusammenzunehmen. Schon war das Weibchen da!

Es trabte an, schauererweckend und brüllend, in der Gestalt einer alten Elsässerin mit Kopftuch, gewappnet mit einem gewaltigen Parapluie von roter Farbe, und sie hatte das Echo von Mustapha müde gemacht mit ihrem ewigen Rufen nach ihrem Eselein. Für Tartarin wäre es sicherlich besser gewesen, mit einer wutentbrannten Löwin anzubinden, als mit dieser alten Megäre. Vergebens versuchte der Unselige, ihr beizubringen, wie die Sache passiert war, dass er Grauchen mit einem Löwen verwechselt habe. Die Alte glaubte, er wolle sie verkohlen. Sie stieß wütende Rufe: »Zum Tüfel!« aus, und fiel mit ihrem Parapluie über unseren Heros her. Tartarin war etwas aus dem Konzept gebracht, er verteidigte sich, so gut er konnte, parierte den Regenschirm mit seinem Karabiner, schwitzte Blut und Wasser, keuchte, warf sich umher und schrie: »Aber gnädige Frau, aber gnädige Frau!«

Ja, Gott befohlen! Die gnädige Frau war taub und Beweis dessen, sie schlug mit Riesenkräften auf ihn los.

Zum Glück erschien eine dritte Person auf dem Schlachtfelde. Es war der Mann der Elsässerin; er selbst ein Elsässer und Kaschemmenwirt, und überdies ein sehr guter Geschäftsmann. Kaum hatte er gesehen, mit wem er es zu tun hatte, und dass der Mörder nur den einzigen Wunsch hatte, Lösegeld für sein Opfer zu zahlen, da entwaffnete er sein Ehegesponst, und man einigte sich.

Tartarin gab also zweihundert Franken. Das Eselein konnte gut und gern zehn wert gewesen sein. Das ist so der Durchschnittspreis für die I-a-Ponys auf den arabischen Märkten. Sodann bestattete man das arme Grauchen im Schatten eines Feigenbaumes, und der Elsässer, der seine gute Laune beim Anblick der tarasconesischen Silberlinge wiedergewonnen hatte, lud den Helden ein, in seinem Wirtshaus einen Happen zu nehmen. Das Wirtshaus war ganz nahe, es lag an der großen Chaussee.

An jedem Sonntag kamen die algerischen Jäger zum Frühstück hin, denn die Gegend war reich an Wild, und in dem Umkreis von zwei Meilen um die Stadt gab es nirgends so viel Kaninchen als hier.

»Und die Löwen?«, fragte Tartarin. Der Elsässer sah ihn an, als wäre er von Sinnen: »Löwen?«

»Ja doch, ja doch, Löwen, so etwas sehen sie doch gewiss manchmal«, begann der arme Mann nochmals, aber nicht mehr ganz so selbstsicher.

Der Kaschemmenwirt platzte vor Lachen.

»Ach du lieber Himmel, o du meine Fresse ... Löwen? Was soll man hier damit?«

»Es kommen also in Algier gar keine vor?«

»Auf Ehre und Gewissen, gesehen habe ich niemals einen. Und sehen Sie, ich wohne jetzt schon zwanzig Jahre hier im Lande; aber gesprochen hat man sicher mal davon. Es steht auch in den Zeitungen. Aber das ist eine ganz andere Gegend, da unten irgendwo im Süden.«

Jetzt waren sie in der Kneipe angelangt. Es war eine Vorortskneipe, die ebenso gut in der Nähe von Paris hätte stehen können. Ein verwelkter Zweig schaukelte über dem Eingang, und an den Wänden waren gekreuzte Billardqueues angemalt, und darüber die harmlose Aufschrift:

Wo sich die Karnickel »Guten Tag« sagen.

Die Karnickel! Guten Tag! O Bravida, welch Wiedersehen!

VII. Ein Omnibus, ein Arabermädchen und ein Rosenkranz, geschmückt mit Jasmin

Viele Menschen hätten nach diesem Abenteuer die Nase voll gehabt, aber Männer, die so gebaut sind wie Tartarin, lassen sich nicht so leicht abschrecken.

»Im Süden gibt es Löwen«, dachte der Held, »also schön! Auf, in den Süden!« Und kaum war sein Teller leer, so erhob er sich, dankte dem Wirt, umarmte das alte Weib (nachtragend war er nicht), vergoss eine letzte Träne am Grabe des unseligen Grauchens und kehrte in höchster Eile nach Algier zurück, fest entschlossen, seine Koffer zu packen und noch am gleichen Tage nach dem Süden aufzubrechen.

Unglückseligerweise kam es ihm vor, als ob die große Chaussee von Mustapha sich seit dem letzten Abend in die Länge gezogen hätte wie ein Gummiband. Dazu eine mörderische Sonne, ein abscheulicher Staub! Das Patentzelt wie aus reinem Blei gegossen. Tartarin fühlte nicht die Kraft in sich, zu Fuß bis in die Stadt zu kommen, und so gab er dem ersten Omnibus, der vorbeikam, ein Zeichen und stieg ein.

O du armer Tartarin aus Tarascon! Wäre es nicht tausendmal besser für deinen Namen, deinen Ruhm gewesen, niemals in diesen vermaledeiten Kasten einzusteigen und lieber auf Schusters Rappen deinen Weg fortzusetzen, auf die Gefahr hin, unter deiner Last in der drückenden Hitze niederzusinken, erdrückt von dem Patentzelt und den beiden gigantischen Doppelflinten mit gezogenem Lauf?

Aber nun war Tartarin drin, und der Omnibus war komplett. Da saß, bis zur Nasenspitze hinter seinem Brevier versteckt, ein Vikar aus Algier mit großem schwarzen Bart. Ihm gegenüber ein junger arabischer Kaufmann, der eine dicke Zigarette nach der anderen rauchte. Dann ein Matrose aus Malta und vier oder fünf Araberfrauen hinter ihren Schleiern aus weißer Leinwand, welche bloß die Augen freiließen. Diese Damen hatten gerade ihre Andacht am Grabe Abd-el-Kaders verrichtet, aber dieser Gräberbesuch hatte nicht auf ihren guten Humor gewirkt. Sie lachten und ulkten hinter ihren Masken miteinander und knabberten Süßigkeiten dazu.

Tartarin bildete sich ein, dass sie ihn sehr oft ansahen, vor allem hatte die eine Dame, die ihm gegenübersaß, ihre Augen in die seinen getaucht, und dabei blieb es während des ganzen Weges. Zwar war ja die Dame verschleiert, aber dafür gab es dieses große schwarze Auge, dessen mandelförmige Kontur durch Kohle noch mehr betont wurde, dazu ein entzückendes Handgelenk, fein wie aus Elfenbein geschnitzt und mit Goldarmbändern geschmückt (von Zeit zu Zeit guckte es zwischen den Schleiern hervor) – das alles, der Ton ihres Stimmchens, die anmutvollen, fast kindlichen Bewegungen ihres Köpfchens, das alles sagte: »Hier verbirgt sich etwas Junges, etwas Zuckersüßes, etwas Wundervolles.« Der unglückliche Tartarin wusste nicht, wohin mit sich. Diese stumme Liebkosung der schönen orientalischen Augen, sie brachte ihn in Verwirrung, regte ihn auf, warf ihn um. Es ward ihm warm, es ward ihm kalt. Um ihm den Rest zu geben, mischte sich das Pantöffelchen der Dame ins Spiel, und er fühlte, wie es über seine großen plumpen Jagdstiefel dahinlief, dieses winzige geliebte Pantöffelchen, wie es hin und her huschte, wie es quecksilbrig tanzte, einem kleinen roten Mäuschen gleich. Was tun? Diesem Blick antworten, diesen zarten Druck erwidern? Ja gut, aber die Konsequenzen? Eine Liebesgeschichte im Orient, das kann ja nett enden! Und mit seiner südlichen romantischen Fantasie sah sich schon der Tarasconese unter den Händen von Eunuchen verröcheln oder verbluten, seinen Kopf zu seinen Füßen oder vielleicht noch besser, wie er, in einen Sack genäht, auf dem Meeresgrunde schaukelte, seinen Kopf im Arm. Das brachte ihn wieder ein bisschen zur Besinnung. Bis auf Weiteres setzte das kleine Pantöffelchen sein Manöver fort, und die Augen ihm gegenüber wurden groß und größer, zwei Blumen aus schwarzem Samt. Und in ihnen war zu lesen: »So nimm mich hin!«

Der Omnibus blieb stehen, man war auf dem Theaterplatz, dort, wo die Straße Bab-Azoun einmündet. Die Araberinnen stiegen eine nach der andern aus, wobei sie sich in ihre weiten Beinkleider verwickelten und mit ihrer natürlichen Grazie ihre Schleier an sich rafften. Zuletzt erhob sich die Nachbarin Tartarins, und als sie aufstand, kam ihr Gesicht so nahe an dem des Helden vorbei, dass ihn ihr Atem streifte, ein ganzer Parfümerieladen von Jugend und Jasmin, von Muskat und Zuckerkuchen.

Da musste ja der Tarasconese seine Waffen strecken. Er war trunken von Liebe, er schreckte vor nichts mehr zurück, er stürzte sich hinter ihr her. Beim Trappen seiner großen Stiefel wandte sie sich um, legte einen Finger an ihren Gesichtsschleier, wie um zu sagen: pst, pst! Und dann warf sie ihm plötzlich mit einer leidenschaftlichen Bewegung ihrer anderen Hand einen kleinen parfümierten Rosenkranz zu, der mit Jasminblüten durchflochten war.

Tartarin aus Tarascon bückte sich, um ihn aufzuheben. Da aber unser Held ein bisschen schwer war von Gewicht und außerdem mit seinem Waffenarsenal beladen, dauerte die Sache einige Zeit. Als er sich erhob, den Jasminrosenkranz auf seinem Herzen, war die Araberin schon verschwunden.

VIII. Löwen vom Atlas, ihr könnt ruhig sein!

Löwen vom Atlas, ihr könnt ruhig sein, könnt ruhig schlafen im tiefsten Schlupfwinkel eurer Höhlen, zwischen Aloe und Riesenkaktus. Nur noch einige Tage, und ihr habt niemals mehr etwas von Tartarins Mörderhand zu fürchten. Im Augenblick liegt seine ganze Kriegsausrüstung – also Waffenkiste, Apotheke, Patentzelt, Lebensmittelkonserven – friedlich eingepackt im Hotel d'Europe in einem Winkel des Zimmers 36.

Schlaft ohne Zittern und Zagen, ihr gewaltigen Löwen mit rötlicher Mähne! Der Tarasconese sucht seine Araberin. Seit der Geschichte mit dem Omnibus spürt der Unselige bei Tag und bei Nacht auf seinem riesigen Trampelfuß das Rascheln des niedlichen roten Mäuschens. Kommt ein Hauch vom Meere und streift er seine Lippen, so duftet er immer (er mag sich dagegen auch nach Leibeskräften sperren) nach dem liebesseligen Parfüm von Anis und Zuckerzeug.

Er muss sein arabisches Mäuschen bekommen!

Aber das ist keine Kleinigkeit. In einer Stadt von hunderttausend Einwohnern ein Mädchen wiederfinden, von dem man nur den Atemduft kennt, die Pantoffeln und die Farbe der Augen – man muss schon ein Tarasconese sein, befallen vom Wahnsinn der Liebe, um sich an solch ein Abenteuer heranzuwagen.

Es ist ein Jammer, dass sich alle diese arabischen Frauen unter ihren großen Gesichtsschleiern ähnlich sehen. Und dann gehen diese Damen nicht viel aus, und will man sie sehen, dann muss man in die Oberstadt, das Araberviertel, die Stadt der Törken.

Eine wahre Mördergrube, diese obere Stadt. Kleine und sehr enge Gässchen klettern steil empor, zwischen zwei Reihen von geheimnisvollen Häusern, deren Dächer zusammenstoßen und die Straße überwölben. Niedrige Hauseingänge, winzige Fensterchen, blind, vergittert, trist anzusehen. Und dann zur Rechten und zur Linken ein Haufen von Läden, in die niemals ein Lichtstrahl dringt. Hier sitzen wilde Törken, lauter Köpfe von Freibeutern – riesige Augen, von denen man das Weiße sieht und blendende Zähne – und schmauchen ihre langen Pfeifen und unterhalten sich mit leiser Stimme, wie um Gaunereien auszuhecken.

Wir wollen uns nicht so weit von der Wahrheit entfernen, um zu sagen, dass Tartarin ganz ohne Herzklopfen durch diese Stadt der Schrecken hindurchgegangen wäre. Er war im Gegenteil sehr erregt. In diesen winkeligen Gässchen, die er mit seinem dicken Bauch der ganzen Breite nach ausfüllte, rückte der brave Mann nur mit der allergrößten Vorsicht vor, den Blick stets angespannt, den Finger auf dem Abzug des Revolvers. Nicht anders als in Tarascon beim Ausmarsch in den Klub. Bei jedem Schritt glaubte er schon, es würde über seinen Rücken eine Schar von Eunuchen und Janitscharen herunterpurzeln – aber der Wunsch, seine Dame wiederzusehen, gab ihm Riesenmut und Herkuleskräfte.

Acht Tage lang verließ Tartarin, der Mann ohne Furcht und Tadel, nicht mehr die obere Stadt. Bald stand er vor den arabischen Bädern Posten und wartete den Augenblick ab, wo die Damen in ganzen Rudeln herauskommen, noch zitternd vom Bad und in dessen Duft gehüllt; dann wieder erschien er, um sich an den Stufen einer Moschee niederzuhocken, und dabei schwitzte er und keuchte, denn er musste seine großen Stiefel vor dem Eintritt ins Heiligtum ablegen.

Manchmal kehrte er beim Eintritt der Nacht zurück, verzweifelt, nichts entdeckt zu haben; weder im Bad noch bei der Moschee hatte sich etwas gezeigt; nun schlich er an den arabischen Häusern vorbei und hörte monotonen Singsang, den abgerissenen Klang einer Gitarre, den gedämpften Paukenschlag einer baskischen

Trommel und ein leises Frauenlachen, bei dem ihm das Herz bis zum Halse schlug.

»Vielleicht ist sie hier«, sagte er sich.

Und war die Straße verlassen, so näherte er sich einem dieser Häuser, hob den schweren Türklopfer von der niederen Pforte und pochte schüchtern an. Im Augenblick verstummten der Gesang und das Lachen. Man hörte nichts mehr hinter der Mauer als ein leises verhaltenes Flüstern, als wäre es ein Vogelkäfig mit eingeschlafenen Vögeln.

»Nur den Mut nicht verlieren«, dachte unser Held, »es wird schon was passieren.« Das, was meistens passierte, das war ein ordentlicher Scheffel kaltes Wasser auf seinen Kopf oder ein paar Orangenschalen oder ein paar verfaulte Feigen. Aber niemals etwas Ernsteres.

Löwen vom Atlas, schlafet in Frieden!

IX. Der Prinz Gregory von Montenegro

Der unselige Tartarin suchte zwei lange Wochen sein algerisches Mädchen, und es ist sehr möglich, dass er noch bis zum heutigen Tage auf der Suche wäre, wenn ihm nicht der Schutzengel der Verliebten in der Gestalt des montenegrinischen Aristokraten zu Hilfe gekommen wäre, und das war so: Im Winter gibt an jedem Sonnabendabend das große Theater von Algier seinen Maskenball, ebenso gut und ebenso schlecht wie die Große Oper in Paris. Hier ist es der ewig gleiche öde Maskenball der Provinz. Man kann die Menschen im Saal zählen, ein paar ausgediente Damen von Boullier oder aus dem Kasino, törichte Jungfrauen, immer der Armee nachlaufend, ein paar abgetragene Harlekins, Trommler- und Marketendermasken und dann fünf oder sechs kleine Wäschermädel aus Mahon, die mondäne Kokotten werden wollen, aber noch aus ihrer Jungfrauenzeit her ein bisschen Knoblauchparfüm bewahrt haben und den Geruch nach Safransoße. Das alles ist mehr eine Angelegenheit zweiter Ordnung. Die richtige Sache spielt sich im Foyer ab, das man an solchen Abenden in einen Spielsaal verwandelt hat. Fieberhaft stößt und drängelt sich die Masse rings um die großen grünen Spieltische. Turkos, die Ausgang haben, setzen Fünffrankstücke, die sie sich von ihrer Löhnung abgespart haben, arabische Kaufleute aus der Oberstadt, Neger, Leute von Malta gibt es hier, Araber aus dem Inneren des Landes, die vierzig Meilen weit hergekommen sind, um hier auf ein As zu setzen und die mit dem Gelde für ihren Pflug oder für ein paar Ochsen hasardieren. Alle zittern sie, sind leichenblass, haben die Zähne zusammengekrampft, und sie alle zeigen diesen unvergessbaren Blick des Spielers, schief, halb wahnsinnig, der bereits zu schielen beginnt, da die Augen immer an derselben Karte wie festgenagelt hängen.

Weiterhin gibt es ganze Rudel von algerischen Juden, die familienweise spielen. Die Männer tragen ihr orientalisches Kostüm, das in geradezu abscheulicher Weise mit ihren blauen Strümpfen und ihren Samtkappen disharmoniert. Die Frauen sind aufgeschwemmt und fahl; sie halten sich sehr steif in ihren engen goldgestickten Miedern. So schart sich immer ein ganzes Rudel um einen Tisch, verständigt sich untereinander, zählt alles an den Fingern ab und hält sich vom Spiel zurück. Nur nach langen Disputationen löst sich von Zeit zu Zeit ein alter Patriarch mit einem Gottvaterbart von den andern ab und geht daran, den Silberling der Familie auf den Tisch des Hauses niederzulegen. Und jetzt beginnt, solange die Partie dauert, ein unbeschreibliches Glitzern in den Augen der Juden, die gespannt an dem Tisch hängen – schreckliche Augen von unbezwinglichem Schwarz, welche die Kraft haben, die Goldstücke auf dem Tischtuch ins Rutschen zu bringen, und die geheimnisvolle Macht, sie ganz sachte zu sich heranzuziehen wie an einem Fädchen.

Und dann gibt es Differenzen, ganze Schlachten, Flüche in allen Sprachen, Tollhausschreie in allen Dialekten, Messer, die aus der Scheide springen, die Polizei, die erscheint, und Geld, das fehlt. Und zu diesen Orgien war der große Tartarin eines Abends erschienen, um sich zu zerstreuen, und um das Vergessen zu suchen und den Frieden seines Herzens.

Einsam schritt der Held durch die Menge, er dachte an sein Arabermädchen, als mitten aus dem Geschrei bei einem Spieltisch zwei aufgeregte Stimmen hervorklangen, die das Klirren des Goldes übertönten. »Und ich sage Ihnen, dass mir zwanzig Franken fehlen, Herr!«

»Was, Herr?«

»Und? Herr!«

»Wissen Sie, mit wem Sie sprechen, Herr?«

»Bitte darum, Herr!«

»Fürst Gregory von Montenegro mein Name, Herr!«

Bei diesem Namen geriet Tartarin in Aufregung, er durchbrach die Menge, drängte sich in die erste Reihe, stolz, heilsfroh, seinen Prinzen wiedergefunden zu haben, diesen höflichen Herrn, den er auf dem Dampfer kennengelernt hatte.

Unglückseligerweise machte dieser Titel Fürst, welcher dem guten Tarasconesen so sehr in die Augen gestochen hatte, auch nicht den mindesten Eindruck auf den Jägeroffizier, mit dem der Prinz aneinandergeraten war. »Damit weiß ich schon etwas Rechtes«, sagte der Offizier höhnisch, dann wandte er sich ans Publikum: »Gregory von Montenegro, kennt jemand diesen Herrn? Kein Mensch!«

Tief empört trat Tartarin vor.

»Verzeihung, ich kenne den Försten«, sagte er mit sehr fester Stimme und seiner ganzen schönen tarasconesischen Aussprache.

Der Offizier von den Jägern guckte ihn einen Augenblick starr an, dann zuckte er die Achseln und sagte: »Na, auch gut, teilt euch die zwanzig Frank, die fehlen, und Schwamm drüber!«

Daraufhin drehte er ihnen den Rücken zu und verlor sich in der Menge.

Unser heißblütiger Tartarin wollte sich auf ihn stürzen, aber der Prinz hielt ihn zurück: »Lassen Sie ihn, das ist meine Sache«, und er fasste den Tarasconeser am Arm und zog ihn in aller Eile heraus.

Als sie draußen auf dem Platz waren, nahm der Prinz von Montenegro sogleich seinen Hut ab, bot unserem Helden die Hand; er entsann sich undeutlich seines

Namens und sagte mit bebender Stimme: »Lieber Herr Barbarin.«

»Tartarin, Tartarin«, flüsterte schüchtern der andere.

»Tartarin, Barbarin, einerlei, von jetzt an sind wir eins auf Leben und Tod«, und der edle Montenegriner schüttelte ihm die Hand mit wilder Energie. Man stellt sich leicht vor, wie stolz der Tarasconese wurde.

»Först! Först!« wiederholte er mit überschwänglichem Gefühl.

Eine Viertelstunde nachher hatten sich die beiden Herren in dem Restaurant de Platanes häuslich niedergelassen, einem reizenden kleinen Nachtlokal mit Terrassen aufs Meer – und hier machte man vor einer ordentlichen Schüssel russischen Salats und bei einem guten Tropfen Wein aus Crescia (Kreta) eine intimere Bekanntschaft.

Man kann sich nicht leicht etwas Anziehenderes denken als den Fürsten von Montenegro. Schlank gewachsen, fein, die Haare mit dem Brenneisen gewellt, spiegelglatt rasiert, mit sonderbaren Ordenszeichen behängt. Mit allen Wassern gewaschen, einschmeichelnd in den Manieren. Dazu ein leiser italienischer Beiklang im Akzent – ein Mazarin ohne Schnurrbart. Übrigens sehr bewandert im Latein und immer ein Zitat aus Tacitus, Horaz oder Cäsar auf den Lippen.

Er war von uradeligem Blut. Seine Brüder hatten ihn wegen seiner liberalen Gesinnung (was denn sonst?) im Alter von zehn Jahren außer Landes getrieben, seither trieb er sich in der großen Welt umher, um sich zu bilden und zu amüsieren, eine philosophisch angehauchte Durchlaucht. Und welch wunderbarer Zufall! Der Fürst hatte drei Jahre in Tarascon verbracht, und als Tartarin sehr erstaunt fragt, warum man sich denn niemals im Klub getroffen oder auf der Promenade, sagte Ihre Hoheit ausweichend: »Ich kam wenig außer Haus.« Und der Tarasconese war diskret genug, um nicht weiter zu fragen. Alle großen Persönlichkeiten sind mit einem Schleier des Geheimnisses umwoben. Und um es kurz zu sagen, dieser Prinz war ganz aus Zucker, dieser Herr Gregory. Während er den hellrosafarbenen Wein von Crescia schlürfte, hörte er mit Eselsgeduld zu, wie Tartarin von seinem Arabermädchen erzählte, und er machte sich (welche Dame kannte er nicht?) erbötig, dieses Frauchen sicherlich wiederzufinden.

Man trank massenhaft und lange. Man stieß an: »Auf die holde Weiblichkeit von Algier!« »Auf Montenegros Freiheit, sie lebe hoch!«

Draußen vor der Terrasse wogte das Meer, und die Wellen schlugen mit einem seltsamen Laut ans Ufer, als klopfte man wassergetränkte Tücher aus. Die Nacht war klar, der Himmel voller Sterne.

In den Zweigen der Platane sang eine Nachtigall.

Tartarin bezahlte die Rechnung.

X. Sag' an den Namen deines Vaters mir, so nenn' ich den Namen des Blümchens dir!

Das muss man ja zugeben, eine feine Nase zum Herausspüren hatte dieser Prinz von Montenegro!

Am Morgen nach diesem Abend bei den Platanen erschien bereits in der Dämmerung der Prinz bei Tartarin in dessen Hotelzimmer.

»Schnell, schnell, ziehen Sie sich schnellstens an, wir haben Ihre Araberdame, sie heißt Baza, zwanzig Jahre alt, hübsch zum Anbeißen und bereits verwitwet.«

»Witwe? Fabelhaft!«, sagte voller Frohlocken der gute Tartarin, der sich aus eifersüchtigen orientalischen Ehegatten nichts machte.

»Ja, das wohl, aber vom Bruder mit Argusaugen überwacht.«

»Ojegerl!«

»Ein wüster Araber, der im Basar d'Orleans Pfeifen verkauft.« – Pause.

»Na ja«, sagte der Fürst, »damit wird man einen Mann, wie Sie gebaut sind, nicht schrecken, und schließlich wird man mit diesem Freibeuter sich auch noch einigen, schließlich kauft man ihm ein paar Pfeifen ab. Also schnell, fahren Sie in die Kleider, Sie ... verdammter Glückspilz!« Tartarin sprang leichenblass vor Aufregung, das Herzchen voll von Liebe, aus seinem Bett und knöpfte in aller Eile seine allumfassende flanellne Unterhose zu. »Was muss ich also tun?«, fragte er.

»Sehr einfach! Der Dame schreiben und sie um ein Rendezvous bitten.«

»Versteht sie denn Französisch?«, fragte Tartarin, denn er hatte sich den Orient in seiner Naivität noch orientalischer vorgestellt.

»Nicht ein Wort!«, antwortete der Prinz mit unerschütterlichem Gleichmut, aber Sie diktieren mir den Brief, ich übersetze ihn dann Wort für Wort!«

»Ach, Prinz, wie für soviel Güte danken?«

Und der Tarasconese begann, in tiefem Schweigen im Zimmer auf und ab zu marschieren und seinen Geist zu sammeln.

Das versteht doch jedes Kind – an eine Araberin in Algier schreibt man nicht wie an eine kleine Grisette in Beaucaire. Wie fein, dass unser Held seine umfangreiche Lektüre geistig sofort zur Hand hatte, die ihm gestattete, die blumige Sprache des Indien von Gustave Aimard innigst zu mischen mit der »Reise im Orient« von Lamartine. Dazu noch einige Spritzer von Reminiszenzen aus dem Hohenlied, und so kommt die bezauberndste orientalische Epistel zustande, die je ein Menschenauge gelesen. Also man fängt folgendermaßen an: »Wie der Wüstenstrauß im Wüstensand ...« und endet: »Sag' an den Namen deines Vaters mir, so nenn' ich den Namen des Blümchens dir!«

An diesen Schreibebrief hätte der Tarasconese gern ein Sträußchen von symbolischen Blümchen geknüpft, wie es im Orient Sitte ist. Aber Fürst Gregory hielt es für besser, einige Pfeifen bei dem Bruder zu erstehen, dies würde der Dame eine wahre Herzensfreude sein, denn sie paffe ohne Unterlass. »Also los, wir kaufen schnell einen Haufen Pfeifen!«, sagte Tartarin in seinem Feuereifer. »Nicht doch! Nicht doch! Lassen Sie mich allein das machen! Ich kriege sie billiger.«

»Ach nein ... Sie wollten?! Oh, mein lieber Prinz! Mein Prinz!« Und der brave Mann, nicht mehr Herr seiner selbst, bot seine Börse dem gefälligen Montenegriner an und legte es ihm nur ans Herz, sicher nichts zu verabsäumen, damit die Dame nur ja zufrieden sei!

So war denn die Sache wunderbar in die Wege geleitet, lief aber nicht so flott weiter, wie man hätte hoffen können. Wie es schien, war die Araberdame zwar von Tartarins Beredsamkeit tief ergriffen und auch sonst zu neunzig Prozent schon für ihn eingenommen von vornherein, und ihr Herzenswunsch war es, Tartarin zu empfangen - aber der Bruder fand ein Haar in der Suppe, und um diese Haare einzuschläfern und die Skrupeln abzuschneiden, brauchte man nicht eine Pfeife, sondern ein Dutzend, nicht ein Dutzend, sondern ein Gros, nicht ein Gros, sondern ein Riesenschiff mit Pfeifen ausschließlich beladen, nicht ein einziges Pfeifenschiff, sondern eine ganze Flotte von Pfeifenschiffen. »Was mag nur Baja in Dreiteufelsnamen mit allen diesen Pfeifen anfangen?«, fragte sich ab und zu der arme Tartarin. Aber er blechte trotz allem tapfer fort und knickerte nicht. Endlich, als schon so ein kleiner Himalaja von Pfeifen angekauft worden war und ein Strom von orientalischer Fantasie zu ihr geflossen, erhielt er ein Rendezvous.

Es lässt sich schwer beschreiben, mit welchem Herzklopfen der Tarasconese sich auf dieses Rendezvous vorbereitete, mit welcher ergreifenden Sorgfalt er seinen groben Mützenjägerbart gerade schnitt, striegelte und parfümierte, ohne dabei - denn man muss an alles denken - zu vergessen, einen Schlagring mit eisernen Spitzen und so ein halbes Dutzend Revolver in die Tasche zu stecken.

Der Prinz, zuvorkommend wie immer, kam in der Eigenschaft als Dolmetsch zum ersten Rendezvous mit. Die Dame wohnte im Araberviertel. Vor dem Tor des

Hauses rauchte ein dreizehn- oder vierzehnjähriger Bengel Zigaretten. Das war Ali, der berühmte Ali, der Bruder und Pfeifenhändler, von dem man immer gesprochen hatte. Als er den Besuch kommen sah, schlug er mit dem Türklopfer zweimal an die Pforte und zog sich diskret zurück.

Das Tor ging auf. Eine Negerin erschien, um die Herren ohne ein Wort über einen kleinen Innenhof in eine winzige kühle Kammer zu führen, wo die Schöne wartete, auf ein niedriges Bettchen hingestreckt.

Beim ersten Blick erschien sie Tartarin kleiner und dicklicher als die Araberin im Omnibus ... Nun aber im Ernst, war es dieselbe? Aber der Verdacht dauerte nicht länger als ein Blitz.

Etwas Niedlicheres als diese Dame mit ihren nackten Füßchen, ihren gut gepolsterten, ringgeschmückten Fingerchen gab es nicht. Was war sie doch fein und rosig! Unter ihrem goldbraunen Leibchen, unter dem Rankenwerk der Blumenstickerei auf ihrem Kleid musste ein zauberhaftes Persönchen sein, ein wenig mollert, frisch zum Anbeißen, und scharfe Ecken hatte sie gerade nicht. Das Ambramundstück eines Nargileh dampfte zwischen ihren Lippen und hüllte sie von Kopf bis zu Fuß in eine goldfarbene Duftwolke ein.

Beim Eintritt legte der Tarasconese eine Hand aufs Herz; er verbeugte sich so arabisch wie nur möglich und rollte die Augen in großer Leidenschaft ... Wortlos guckte ihn Baja lange an. Dann ließ sie das Mundstück aus Ambra fahren, warf den Körper zurück, versteckte den Kopf zwischen den Händen, und man sah nichts mehr von ihr als ihre weiße Kehle, die, geschüttelt von tollstem Lachen, auf und nieder hüpfte, ein Beutelchen, mit Perlen gefüllt.

XI. Sidi Tart'ri ben Tart'ri

Noch heute kann es passieren, dass man eines Abends nach Feierstunde in ein algerisches Café der Oberstadt kommt und dort hört, wie sich die eingeborenen Araber unter stetem Augenzwinkern und unauslöschlichem leisen Lachen von einem gewissen Tart'ri ben Tart'ri erzählen, einem Europäer, ebenso charmant wie reich, der vor Jahr und Tag in dem Araberviertel mit einer kleinen Tochter des Landes lebte, Baja genannt.

Dieser Sidi ben Tart'ri, der ein so fröhliches Andenken im Viertel rings um die Casbah hinterlassen hat, ist – man hat es längst erraten – kein anderer als unser Freund Tartarin.

Nun, wollen Sie ihm deshalb böse sein? So etwas kommt vor; im Leben eines Heiligen wie in dem eines Helden gibt es Stunden der Verblendung, der Verwirrtheit, der menschlichen Schwäche und des Irrens. Der berühmte Tartarin war keine Ausnahme, und das ist der Grund, weshalb er zwei ganze Monate lang Löwen Löwen sein ließ und Ruhm Ruhm – weshalb er sich berauschte an orientalischer Liebe und einschlummerte wie Hannibal in Capua, gewiegt von den Zauberarmen der weißen Stadt Algier.

Der gute Mann hatte mitten in der Araberstadt eine niedliche landesübliche Villa gemietet mit Innenhof, Bananenbäumen, kühlen Wandelgängen und frischen

Springbrunnen. Er lebte da in aller Stille mit seiner Araberin, selbst ein Araber von Kopf bis zur Zeh, schmauchte jeden Tag sein Nargileh und nährte sich redlich von parfümiertem Muskatzuckerwerk.

Ihm gegenüber lag auf einem Diwan ausgestreckt Baja, die Gitarre im Arm; so näselte sie monotone Gesänge, oder sie machte ihrem Herrn und Meister, um ihn zu zerstreuen, den Bauchtanz vor, einen kleinen Spiegel in der Hand, in dem sie ihre weißen Beißerchen bewunderte und sich selbst Grimassen schnitt.

Da die Dame nicht ein Wort Französisch konnte, und Tartarin kein Wort Arabisch, so stockte bisweilen die Unterhaltung, und der geschwätzige Tartarin hatte Zeit, alle Sünden abzubüßen, die er seinerzeit durch Missbrauch des Wortes in der Apotheke Bézuquet begangen hatte oder beim Büchsenmacher Costecalde.

Aber selbst diese Buße hatte ihre Reize, und es war ein besonders aparter und genießerischer Spleen, wenn er einen ganzen Tag kein Wort sprach, nur dem Glucksen des Nargileh lauschte, dem zarten Raunen der Fontäne in dem mosaikbelegten Innenhofe.

Das Nargileh, das Bad, die Liebe füllten sein ganzes Leben aus. Man verließ sehr selten das Haus. Manchmal bestieg Sidi Tart'ri ben Tart'ri ein braves Maultier, nahm die Dame hinter sich auf den Sattel und zog aus, um Granaten zu speisen in einem kleinen Garten, den er in der Nähe gemietet hatte. Aber niemals (Nie!) kam er ins Europäerviertel hinunter. Er hasste die ewig besoffenen Zuaven, verabscheute die Alcazars, wo sich die Offiziere drängten; dieses ewige Scheppern der Säbel unter den

Arkaden kam ihm widerlich, scheußlich und unerträglich vor wie die Wachstube einer Kaserne daheim im Abendlande.

Mit einem Wort, Tartarin war vollständig glücklich. Tartarin-Sancho vor allem. Es wässerte ihm gar sehr der Mund nach türkischem Zuckerwerk – und deshalb bejahte er die neue Existenz ohne Rückhalt. Zwar hatte Tartarin-Quichotte seinerseits ab und zu ein leises Zwicken von Gewissensbissen, denn er gedachte der Stadt Tarascon und der versprochenen Großwildhäute ... Aber das ging auch vorüber, und wenn die tristen Gedanken einmal gar nicht weichen wollten, ein Blick von Baza oder ein Löffel von ihren vermaledeiten Konfitüren genügte, und alles war wieder gut, denn diese Delikatessen dufteten betörend wie die Tränklein der Circe.

Am Abend kam oft der Prinz Gregory und plauderte ein wenig von dem »freien Montenegro«. Seine Liebenswürdigkeit war unerschöpflich, dieser reizende Herr erfüllte im Hause die Funktion eines Dolmetschen, im Notfall auch die eines Hausverwalters, und das alles umsonst, nur weil es ihm Spaß machte. Von ihm abgesehen, sah Tartarin nur Törken bei sich. Alle diese Freibeuter mit ihren wilden Köpfen, die ihm anfangs soviel Angst bereitet hatten, als er sie im Hintergrunde ihrer dunkeln Läden gesehen hatte, erwiesen sich jetzt, da er sie näher kennenlernte, als gute harmlose Kaufleute, als Sticker, Spezereiwarenhändler, als Drechsler von Pfeifenmundstücken, alle waren sie ordentlich erzogene Leute, bescheiden, nicht ohne Witz, diskret und alle Kartenspieler erster Klasse; zwei- oder dreimal in der Woche kamen diese Herren abends zu Sidi Tart'ri, nahmen ihm sein Geld ab, fraßen ihm seine Konfitüren weg, und Punkt zehn Uhr machten sie sich auf die Socken, den Propheten lobpreisend.

Nach ihnen traten Sidi Tart'ri und sein treues Gespons auf die Terrasse, um dort den Abend zu beendigen. Eine große weiß leuchtende Terrasse war es, die das Haus wie ein Dach überragte und Aussicht über die ganze Stadt bot.

Und ringsumher tausend andere weiße Terrassen im weißen Mondenschimmer ... sie fielen wie Stufen zum Meer ab. Von weitem her klang's nach Gitarrengezirp, Klänge auf Flügeln des Windes. Aber plötzlich stieg wie ein Blumenstrauß von Sternen eine große einfache Weise von der Erde zum Himmel empor, und auf dem Turme der nahen Moschee erschien ein prächtiger Muezzin, und es schnitt seine weiße Kontur scharf ab gegen das tiefe Blau der dunklen Nacht. Er sang Allahs Ruhm mit wundervoller Stimme, die das Land bis an den fernen Horizont erfüllte. Sofort ließ Baja ihre Gitarre sein, sie wandte ihre großen Augen dem Muezzin zu, und sie schien das Gebet wie mit tiefen durstigen Zügen in sich aufzunehmen und dabei eine besondere Entzückung zu empfinden. Solange der Gesang erklang, blieb sie so – zitternd, dieser irdischen Welt entrückt, eine heilige Therese des Orients ... Tartarin war tief ergriffen, als er sie beten sah, und dachte bei sich, es wäre doch eine starke und schöne Religion, welche bei ihren Gläubigen so tiefe Entzückungen hervorrufen könne.

Tarascon, verhülle dein Haupt! Dein Tartarin will dem Glauben seiner Väter abtrünnig werden.

XII. Man schreibt uns aus Tarascon

An einem schönen Nachmittag bei wunderbar blauem Himmel und sanftem Wind kam Sidi Tart'ri von seinem Gütchen zurück. Diesmal saß er allein rittlings auf seinem Maultier. Die Beine hatten ihm die zwei großen Säcke aus Baststoff auseinander gespreizt, die beinahe platzten von Melonen und Süßigkeiten, und die an den beiden Seiten des Sattels baumelten. Das Geklapper der großen Steigbügel wiegte ihn ein, und sein ganzer Körper folgte dem Tripptrapp des Tieres. So zog der gute Mann dahin in einer herrlichen Landschaft, die Hände über dem Bauch gekreuzt; er duselte schon zu neunzig Prozent ein vor lauter Wohlbehagen und Wärme.

Aber plötzlich erweckte ihn beim ersten Schritt in die Stadt ein gewaltiger Posaunenton:

»Tausend türkische Teufel, dös wird doch nicht gar Tartarin sein?«

Als der Tarasconese den Namen Tartarin hörte, ausgesprochen mit dem unverkennbaren lustigen Südfranzosendialekt, hob er den Kopf und sah zwei Schritte weit vor sich das gute verwitterte Gesicht des Meisters Barbassou, welcher beim Absinth vor dem Eingang eines kleinen Cafés saß und seine Pfeife rauchte.

»He, Gott befohlen, Barbasson«, sagte Tartarin und hielt sein Maultier an.

Statt jeder Antwort guckte ihn Barbasson eine Sekunde mit weit aufgerissenen Augen an. Dann platzte er mit einem Lachen heraus, einem derart homerischen Gelächter, dass Sidi Tart'ri etwas verstimmt wurde, er, der Held mit der Hinterfront auf seinen Wassermelonen.

»Was soll dieser verfluchte Turban, mein armer Herr Tartarin? Ist es denn wahr, was man da erzählt, dass Sie sich haben zum Törken machen lassen? ... Und singt die kleine Baja immer noch: Marco, la Belle?«

»Marco, la Belle?«, fragte Tartarin empört. »So wisset denn, Kapitän, dass die Dame, von der Sie sprechen, ein ehrenhaftes Arabermädchen ist, das nicht ein Wort Französisch kann.«

»Baja nicht ein Wort Französisch? Wo kommen denn Sö her?«

Und der gute Kapitän fing noch toller an zu lachen. Dann sah er das Gesicht des armen Sidi Tart'ri lang und länger werden, und er beherrschte sich.

»Na ja, es wird ja möglicherweise doch nicht dieselbe sein, zugegeben, ich habe mich geirrt, nur wissen Sie, mein lieber Herr von Tartarin, es wäre vielleicht doch gescheiter von Ihnen, wenn sie den algerischen Damen und dem Prinzen von Montenegro nicht so ganz trauen möchten.«

Tartarin richtete sich in seinen Steigbügeln auf und zog sein Gesicht in die bekannten gefährlichen Falten. »Der Prinz ist mein Freund, Herr Kapitän.«

»Na schön, wir wollen uns nicht giften. Sie nehmen doch einen Absinth? Haben Sie nichts, aber auch gar nichts zu Haus auszurichten? Na, nichts für ungut! Übrigens, Kamerad, ich habe da einen feinen Tabak aus Frankreich, wenn Sie davon ein paar Pfeifen mitnehmen wollen ... Nur zu, nur zu, dös wird Ihnen gut tun. Das sind diese verfluchten orientalischen Tabake, die Ihnen das Kopferl benebeln.«

Daraufhin kehrte der Kapitän zu seinem Absinth zurück, und Tartarin nahm in tiefen Gedanken den Weg zu seinem Häuschen im Zuckeltrab ... Obwohl sich seine große Seele dagegen sträubte, den niedrigen Gedanken eines Barbassou Glauben zu schenken, so hatten sie doch einen Schatten hinterlassen ... dazu diese landesüblichen Flüche, der Dialekt von dort drüben, das erweckte in ihm leise Gewissensbisse.

Er traf niemand im Hause an. Baja war im Bad ... Die Negerin schien ihm bildhässlich, das Haus sterbenstraurig ... Vergebens wehrte er sich gegen eine unbeschreibliche Melancholie. Er setzte sich an den Rand des Springbrunnens und stopfte eine Pfeife mit dem Tabak des Kapitäns. Dieser Tabak war eingewickelt in ein Stück aus dem SEMAPHORE. Als er das Papier auseinander breitete, fiel ihm der Name seiner Heimatstadt in die Augen.

»Man schreibt uns aus Tarascon:

Unsere Stadt ist in banger Sorge. Tartarin, der bekannte Löwenjäger, ist dort, um in Afrika die großen Katzen zu jagen. Er ist verschollen. Seit Monaten haben wir keine Nachricht von ihm ... Was mag aus unserem heldenhaften Landsmann geworden sein? Kaum wagt man sich diese Frage vorzulegen, wenn man, wie wir, diese Feuerseele kennt, diesen Wagemut, diesen Durst nach Abenteuern ... Ist er, wie so viele andere begraben unter dem Wüstensand, oder ist er gefallen unter den mörderischen Bissen eines dieser Ungeheuer aus dem Atlasgebirge, dessen Felle er der Stadtverwaltung versprochen hat? Oh, schreckliche Ungewissheit! Indessen haben handeltreibende Neger, die zum Jahrmarkt nach

Beaucaire gekommen sind, vorgegeben, sie hätten mitten in der Wüste einen Europäer getroffen, dessen Beschreibung auf ihn zutrifft, und der auf dem Wege nach Timbuktu war ... Gott erhalte uns unseren Tartarin.«

Als der Tarasconese das las, wurde er bald rot, bald bleich, er zitterte. Er sah Tarascon vor sich, den Klub, die Mützenjäger, den grünen Lehnstuhl bei Costecalde, und darüber schwebte wie ein Adler mit ausgebreiteten Flügeln der gewaltige Schnurrbart des gewaltigen Kommandanten Bravida.

Aber wenn er damit seinen jetzigen Zustand verglich, er, der jetzt faul auf seiner Matte hingelümmelt saß, während man glaubte, er sei dabei, den großen Bestien das Lebenslicht auszublasen – da schämte sich Tartarin aus Tarascon seiner selbst und weinte bitterlich.

Dann aber sprang der Held auf: »Auf zu den Löwen! Zu den Löwen auf!« Und er stürzte sich in den staubigen Winkel des Hauses, wo sein Patentzelt ruhte, die Hausapotheke, die Konserven, die Waffenkiste, und er schleppte das alles in die Mitte des Hofes.

Tartarin-Sancho lag in den letzten Zügen. Es gab nur noch einen Tartarin-Quichotte.

In Windeseile überprüfte er sein Material, bewaffnete, umgürtete sich, zog wieder seine großen Stiefel an, schrieb zwei Worte an den Prinzen, vertraute ihm Baja an, steckte ein paar blaue Scheine, nass von Tränen, in ein Kuvert, und schon rollte der mutige Kämpe aus Tarascon im Eilwagen auf der Straße nach Blidah dahin. Hinter sich im Haus ließ er seine Negerin starr vor Entsetzen bei ihrem Nargileh, er ließ den Turban, die Potschen, den ganzen muselmannischen Trödelkram des Sidi Tart'ri, der jetzt unter den kleinen weißen Bogen der Galerie sich hässlich herumsielte ...

Dritter Teil. Bei den Löwen

I. Postkutschen in der Verbannung

Eine alte Postkutsche von anno dazumal, nach Urgroßmuttersitte innen ausgeschlagen mit grobem, ganz ausgebleichtem Rips, dazu geschmückt mit gewaltigen Posamenterien aus Leinenschnur und grober Wolle, die jedem Fahrgast nach einigen Stunden geradezu Wunden in den Rücken bohren ...

Tartarin hatte einen Platz im kreisrunden Hinterteil des Wagens. Er machte sich's hier, so gut es ging, bequem, und während er dem muskatartigen Anhauch der großen katzenartigen Raubtiere entgegenträumte, begnügte er sich damit, diesen guten muffligen Geruch nach alter Postkutsche einzuatmen, der in einer nicht zu beschreibenden Weise zusammengesetzt ist aus tausend Gerüchen: Menschenschweiß, Frauenduft, Pferdeodeur und Lederparfüm, Lebensmittelgeruch und dem Moder des verwesenden, zerfallenden Strohs. Von alledem gab es ein Partikelchen in dem Wagenabteil der Kutsche.

Ein Trappistenmönch, eine Menge jüdischer Kaufleute, zwei Damen der leichten Kavallerie, die zu ihrem Regiment einrückten, den Zweierhusaren, ein Fotograf aus Orléansville ... Aber diese Gesellschaft hätte noch tausendmal amüsanter und gemischter sein können, Tartarin hatte keine Lust, ein Gespräch zu beginnen, er blieb in Sinnen versunken, den Ellbogen auf die Lehne aufgestützt, die Flinten zwischen den Knien ... Sein Aufbruch in aller Eile, die schwarzen Äuglein seiner Baja, die schauerliche Jagd, die ihm bevorstand, alles das tanzte wirr umher in seinem Gehirnkasten – und zu allem Unheil kam noch hinzu, dass diese pensionierte europäische Postkutsche hier im tiefsten Afrika ihn von Weitem an das Tarascon seiner Jugend erinnerte, an die Fahrten in die Umgebung, an kleine Diners an dem Ufer der Rhône, eine unermessliche Zahl von Erinnerungen ...

Nach und nach senkte sich die Nacht herab ... Die ausgediente Postkutsche schnellte auf ihren alten kreischenden Federn auf und ab, die Pferde trabten flott, die Schellen läuteten, ab und zu kam von oben, von der Plache des Verdecks her, ein schauderhaftes Eisengerassel ... Tartarins Kriegsmaterial.

Tartarin war schon zu dreiviertel eingeduselt; nun starrte er einen Augenblick lang die Mitreisenden an, die in komischer Weise wie groteske Phantome von den Stößen des Wagens geschaukelt und zusammengeschüttelt wurden. Dann ward allmählich Nacht vor seinen Augen, seine Gedanken verschwammen, er hörte nur ganz undeutlich das Quietschen der Räder in den Naben, das klägliche Stöhnen der Wände des Wagens ...

Jetzt auf einmal eine Stimme: eingerostet, brüchig und heiser, wie aus dem Munde einer alten Fee oder jungen Hexe; diese Stimme rief ihn an: »Herr Tartarin! Herr Tartarin!«

»Wer ruft mich?«

»Ich bin's, Herr Tartarin! Sie erkennen mich doch wieder? Ich bin die alte Postkutsche, die einmal, ja, so ein paar zwanzig Jährchen werden es sein, den Dienst zwischen Nimes und Tarascon besorgt hat. Wie oft habe ich euch befördert, Sie und Ihre Freunde auch, wenn ihr auf die Mützenjagd ginget ... dort auf den Hügeln von Jonquières und Bellegarde. Ich habe Sie nicht sogleich erkannt, denn Sie tragen jetzt eine Törkenkopfbedeckung, und dann haben Sie sich ein Bäuchelein zugelegt. Aber als Sie zu schnarchen begannen, ja, Sie verdammter Glückspilz, da wusste ich sogleich: Er ist es, kein anderer!«

»Na, das ist ja schön, sehr schön ist das!«, sagte Tartarin etwas verstimmt.

Dann zog er sanftere Saiten auf: »Aber Sie, liebe alte Mama, was treiben denn *Sie* hier?«

»Ach du meine Güte! Ja! Mein Wille war's nicht, hierherzukommen ... Aber als die Eisenbahn nach Beaucaire fertig war, haben sie gefunden, dass ich zu nichts mehr tauge und haben mich nach Afrika hinübergeschickt. Ich bin nicht die einzige, die ... fast alle die Postkutschen aus Frankreich hat man deportiert wie mich. Fand man uns zu reaktionär? Jedenfalls sind wir jetzt alle hier und verurteilt zu einem wahren Galeerensträflingsleben. Wir sind, was ihr in Frankreich die Eisenbahn von Algier nennt ...«

Hier stieß die alte Postkutsche einen langen Seufzer aus. Dann fuhr sie fort: »Ach ja, mein lieber Herr Tartarin, das ist es, was mir schrecklich fehlt, Tarascon. Das war meine schönste Zeit, das waren meine Jugendtage. Da hätte man mich sehen sollen, wie ich morgens loszog, ja, blitzblank gewaschen, leuchtend wie das Feuer mit meinen neu lackierten Rädern, meine Laternen glichen zwei Sonnen (ich lüge nicht!), und meine Plache war immer mit Öl eingerieben und geschmeidig. Ach war das schön, schön und wunderschön, wenn der Postillion seine Peitsche knallen ließ nach dem Takte des Liebchens: ›*Lagadigadeau, la Tarasque, la Tarasque!*‹ Und dann warf der Wagenführer, mit seinem Waldhorn an der Seite und seiner gestickten Mütze schief auf dem Kopfe, da warf er mit einem kühnen Griff seinen ewig kläffenden kleinen Hund hinauf auf die Verdeckplache des Wagens, ja, und dann sprang er selbst auf den Bock und schrie: »Vorwärts, holdrio! Drauf und dran!« Und dann setzen sich meine vier Pferde in Trab, die Schellen klingeln, der Hund bellt, das Horn tutet, die Fenster gehen auf, ja! Und ganz Tarascon sieht mit Stolz mich, die Postkutsche, auf der großen königlichen Chaussee flott vorbeirollen.

Und das war eine schöne Straße, mein lieber Herr Tartarin, müssen Sie wissen, breit, fein imstande, mit Kilometersteinen garniert, Schotterhaufen am Rande regelmäßig aufgeschichtet, und rechts und links die schönen Hänge mit Oliven und Weinreben üppig bepflanzt! Dann alle fünf Minuten ein Wirtshaus, alle naselang neue Pferde. Und meine Reisenden, ausnahmslos Prachtburschen! Ja! Bürgermeister und geistliche Herren, ja! Sie fuhren nach Nimes, um den Herrn Erzbischof aufzusuchen oder den Bezirkspräfekten, und dann die braven Seidenhändler, die in allen Ehren von ihren Wochenendhäuschen zurückkamen, und dann Studenten auf Ferien, und Bauern in gestickter Bluse, ja! Alle frisch rasiert am Morgen, und droben, auf Verdeck, da sind

Sie, meine Herren Mützenjäger. Sie waren immer froher Laune, und jeder sang so fein ›Die Seine‹, abends, beim Sternenglanz, auf dem Heimweg. Aber jetzt! Aber jetzt, das ist wie Tag und Nacht, ja! Gott soll wissen, was für Gesindel ich herumkutschiere! Einen Haufen Hottentotten und Heiden aus aller Herren Ländern, die ihr Ungeziefer bei mir deponieren, aber Neger sogar auch, Beduinen, alte Kriegsmarodeure, internationale Hochstapler, Bauern in Lumpen, die mich mit ihren stinkigen Pfeifen verpesten, und das Gelichter spricht eine Sprache, die nur der Teufel versteht, aber kein Christenmensch. Und dann, Sie sehen, wie man mit mir umgeht! Nie gebürstet, nie gewaschen! Große Sache schon, wenn sie mir die Achsen schmieren! Statt der dicken schönen Rosse von dazumal, die so schön gemächlich trabten, kleine arabische Viecher, die den leibhaftigen Teufel in sich haben, und die mir die Deichsel zerteppern mit ihren Hufschlägen. Oje, oweh, ojegerl, ja! Haach! Jetzt fängt's schon bald wieder an, ja! Und diese Straßen! Ja, hier mag's noch angehen, weil wir nahe bei der Bezirksstadt sind, aber weiter unten, da gibt's nichts mehr, von Straßen keine Spur. Da geht's dahin ohne Weg noch Steg, über Berg und Tal wie ein Wasserfall, mitten rein in ... in die Zwergpalmen und in die Mastixsträucher, nur immer mitten durch. Nicht einmal ein fester Halteplatz! Man hält, wie es dem Kondukteur gerade in den Kram passt, bald in diesem Gutshof, bald in jenem.

Und was tut dieser Schweinehund, ja? Manchmal macht er einen Umweg von so zwei Meilen, ja, um bei einem Freunde einen Absinth zu genehmigen oder einen Champoreau, ja! Aber dann, Peitsche raus, Postillion!

Man muss die verlorene Zeit einholen. Die Sonne sticht, der Staub glüht! Los, ran mit der Peitsche! Man schwankt, man kippt beinahe, macht nichts, noch mehr Peitsche, schneller, los! Man rattert mitten durch die Flussbetten, die Pferde waten, man kriegt's Zipperlein, man trieft, man schwimmt allbereits, ja! Peitsche, peitsche! Flott weiter, stramm drauflos, nur voran! Ja. Und jetzt kommt die Nacht, man hängt noch voller Nässe, ja, das ist gerade das Rechte für mein Alter bei meinem Rheumatismus; da heißt es übernachten unter freiem Himmel, in dem Hofe einer Karawanserei, wo sich alle Winde gute Nacht sagen. Nachts, die Schakale, die Hyänen schnüffeln herum an meinen Kästen, und Landstreicher, die Angst vor der Nachtkühle haben, machen sich's bequem auf meinen Polstern, ja! Ja, mein lieber Herr von Tarascon, das ist mein Leben, wie ich's führe und führen werde, bis ich einmal krepiere, verbrannt von der Sonnenglut, kernfaul von den eisigen Nächten, jawohl, in irgendeinem Winkel auf diesen gottverlassenen Straßen wird's mich packen, und die Araber werden sich ihre Kusskuss kochen auf den sterblichen Überresten meiner alten Knochen.«

»Blidah!«, schrie der Kondukteur und riss den Wagenschlag auf.

II. Ein kleines Herrlein geht vorbei

Durch die staubbedeckten Fenster sah Tartarin von Tarascon in undeutlichen Umrissen den niedlichen Hauptplatz einer mittleren Bezirksstadt; ein regelmäßiges Viereck, umgeben von Bogengängen, mit Orangenbäumen bepflanzt, und in der Mitte dieses Platzes machten nette kleine Zinnsoldaten ihre Exerzierübungen im rosafarbenen Dunst der frühen Morgenstunden. Die Kaffeehäuser öffneten ihre Fensterläden. In der einen Ecke des Platzes befand sich eine Markthalle für Gemüse. Das alles war bezaubernd, aber den Löwen fühlte man nicht gerade in der Luft.

»Nach Süden ... nur tiefer nach dem Süden!«, flüsterte der gute Tartarin und drückte sich tiefer in seine Wagenecke zurück.

In diesem Augenblick öffnete sich der Schlag, eine Welle frischer Luft flog herein, und sie trug auf ihren Fittichen mit dem Parfüm von glühenden Orangen auch ein winziges Herrchen in schwärzlichem Überrock, alt, ausgetrocknet, faltig, von der Zeit mitgenommen, ein Gesicht, nicht größer als eine Faust, schwarze Seidenkrawatte, mindestens fünf Fingerbreit, eine lederne Aktentasche, einen Sonnenschirm: der Notar vom Lande, wie er im Buche steht.

Der kleine Herr setzte sich dem Tarasconeser gegenüber. Als er dessen Kriegsbewaffnung gewahrte, schien er wie aus den Wolken gefallen und wurde nicht müde, Tartarin mit einer sehr lästigen Beharrlichkeit zu fixieren.

Man schirrte die alten Pferde ab, man schirrte neue an, die Postkutsche ging los. Der kleine Herr guckte unermüdlich Tartarin an. Schließlich wurde das dem Tarasconeser zu viel.

»Das passt Ihnen wohl nicht?«, sagte er und fixierte seinerseits den kleinen Herrn.

»Nein, es geniert mich«, antwortete der andere in aller Seelenruhe. Und man muss zugeben, dass Tartarin von Tarascon mit seinem zusammenlegbaren Zelt, seinen beiden Gewehren in ihren Futteralen, seinen Bowiemessern – ohne von seiner natürlichen Korpulenz zu sprechen – reichlich viel Platz einnahm. Die Antwort des kleinen Herrn gefiel ihm ganz und gar nicht.

»Soll ich vielleicht lieber mit Ihrem Sonnenschirm auf die Löwenjagd gehen?«, sagte der große Mann in stolzem Ton.

Das kleine Herrchen guckte seinen Schirm an und lächelte milde, und dann sagte es, immer mit dem gleichen Phlegma: »Ja, mein lieber Herr, dann sind Sie ...?«

»Tartarin von Tarascon, Löwentöter.«

Als der trutzigliche Tarasconese dies gesagt hatte, schüttelte er die Quaste seiner Chechia wie eine Mähne.

Durch die Postkutsche ging eine Bewegung des Schreckens.

Der Trappistenmönch bekreuzigte sich, die Kokotten stießen kleine Schreckensrufe aus, der Fotograf aus Orléansville näherte sich dem Lowentöter und träumte bereits von der Ehre, ihn aufnehmen zu dürfen.

Nur der kleine Herr ließ sich nicht aus seiner Ruhe bringen.

»Und wie viel Löwen haben Sie schon getötet, mein lieber Herr Tartarin?«, fragte er sehr ruhig.

Der Tarasconese parierte den Angriff in blendender Manier.

»Wie viel ich getötet habe? Mein lieber Herr, ich wünschte nur, Sie hätten ebenso viel Haare auf dem Kopf.«

Und die ganze Postkutsche brach in Lachen aus und guckte die drei gelben Haare an, die sich auf dem Schädel des kleinen Herrchens sträubten. Nun ergriff der Fotograf aus Orléansville das Wort: »Ein furchtbarer Beruf, den Sie da haben, Herr Tartarin. Man erlebt da bisweilen schauderhafte Augenblicke. So hat dieser arme Herr Bombonnel ...«

»Ach ja, der Panthertöter«, sagte Tartarin recht verachtungsvoll.

»Sie kennen ihn?«, fragte der kleine Herr.

»Ojegerl, und ob ich ihn kenne! Mehr als zwanzigmal sind wir zusammen auf die Jagd gegangen.«

Der kleine Herr lächelte: »Sie gehen also auch auf die Pantherjagd, Herr Tartarin?«

»Manchmal ... so zum Zeitvertreib«, sagte der Tarasconese mit Schwung.

Und während er den Kopf mit einer heldenhaften Bewegung zurückwarf, die den tiefsten Eindruck im Herzen der beiden Kokotten hinterließ, sagte er: »Was ist denn das auch gegen einen Löwen!« »Eigentlich«, bemerkte der Fotograf aus Orléansville »ein Panther ist nicht viel mehr als eine große Katze.«

»Stimmt haargenau«, sagte Tartarin, dem es ganz recht war, den Ruhm von Bombonnel ein bisschen zu verkleinern, besonders angesichts der Damen.

In diesem Augenblick blieb die Postkutsche stehen, der Kondukteur kam, um den Wagenschlag zu öffnen, und wandte sich an den alten Herrn: »Wir sind hier, mein Herr«, sagte er sehr respektvoll.

Das kleine Herrchen erhob sich, stieg aus und sagte dann, bevor es die Wagentür schloss: »Würden Sie mir gestatten, Herr Tartarin, Ihnen einen Rat zu geben?«

»Welchen, mein Herr?«

»Auf Ehre und Gewissen! Hören Sie mal! Sie sehen ganz wie ein anständiger Mensch aus, und ich möchte Ihnen lieber sagen, was ich von der Sache halte. Sehen Sie doch zu, dass Sie schnell nach Tarascon zurückkommen, Herr Tartarin. Sie verlieren hier nur Ihre Zeit. Es gibt freilich noch ein paar Panther hier in der Gegend, aber, pfui Spinne, das ist ein viel zu niedriges Wild für Sie. Und mit den Löwen ist es Schluss. Mein Freund Chassaing hat eben den letzten getötet.«

Darauf grüßte der kleine Herr, machte die Wagentür zu und ging lachend davon mit seiner Aktentasche und mit seinem Sonnenschirm.

»Herr Schaffner«, fragte Tartarin und machte dazu sein grimmigstes Gesicht, »wer ist denn dieser ulkige Kerl?«

»Wie, Sie kennen ihn nicht? Das ist doch Herr Bombonnel.«

III. Ein Löwenkloster

In Millianah stieg Herr Tartarin aus und ließ die Postkutsche ihren Weg nach dem Süden fortsetzen. Zwei Tage hatte er sich hin und her schütteln lassen, zwei Nächte hatte er mit offenen Augen verbracht, hatte die

Augen nicht von den Fenstern gelassen in der Erwartung, es könnte sich doch noch in den Feldern an der Straße der riesenhafte Schatten eines Löwen zeigen. So viel Stunden Schlaflosigkeit verdienten doch wohl eine Belohnung in Gestalt einer kleinen Ruhepause. Und dann, wenn ich schon ganz aufrichtig sein soll, seit dem Missgeschick mit Bombonnel fühlte sich der ehrliche Tarasconese nicht so recht in seelischem Gleichgewicht gegenüber dem Fotografen aus Orléansville und den zwei Mäuschen von den Dreierhusaren, und da halfen ihm auch seine Waffen nichts, ebenso wenig seine rote Mütze und die ernstesten Falten in seinem Gesicht.

Er schlenderte also kreuz und quer durch die breiten Straßen von Milianah mit ihren schönen Alleen und Springbrunnen und suchte ein Hotel, wie es ihm passte, aber dabei musste der arme Mann immer wieder an die Worte von Bombonnel denken. Wenn doch ein wahres Wort daran sein sollte? Keine Löwen mehr in Algier? Wozu dann soviel Laufereien, soviel Mühe und Plage?

Plötzlich fand sich unser Held bei der Biegung einer Straße gegenüber ... Ja, wem gegenüber? Raten Sie mal! Einem Prachtexemplar von Löwen, das vor dem Eingang eines Cafés wartete, königlich auf seinem Hinterteil thronend; die fahle Mähne leuchtete in der Sonne.

»Und da haben sie mir gesagt, es gäbe keine mehr!«, schrie der Tarasconese und tat einen Sprung nach rückwärts. Als der Löwe diesen Ausruf hörte, senkte er sein Haupt, nahm in sein Maul ein Holztellerchen, das vor ihm auf dem Pflaster stand, und streckte es bettelnd Tartarin entgegen, der vor Verblüffung erstarrt war. Ein vorbeigehender Araber warf eine Münze in das Tellerchen. Der Löwe schlug mit dem Schwanz. Nun verstand Tartarin alles. Er sah jetzt, was er vorhin in seiner Aufregung übersehen hatte, dass eine ganze Menschenmenge rings um den armen geblendeten und dressierten Löwen und die zwei riesigen knüttelbewehrten Neger umherstand, die ihn kreuz und quer durch die Stadt führten, wie Savoyardenknaben ihr Murmeltier.

Das Blut des Tarasconesen wallte stürmisch auf: »O ihr Elenden,« schrie er mit Donnerstimme, »habt ihr denn keine Spur Respekt vor solch einem edlen Tier?« Und er stürzte sich auf den Löwen und riss das schnöde Holztellerchen aus seinem königlichen Rachen. Die beiden Neger glaubten, er wäre ein Dieb, und sie gingen mit geschwungenem Knüppel auf unseren Tartarin los. Das gab einen furchtbaren Klamauk. Die Neger prügelten darauflos, die Weiber kreischten, die Kinder amüsierten sich wie Zaunkönige. Ein alter jüdischer Schuster rief aus dem Hintergrunde seines Ladens: »Vors Gericht, vors Gericht mit jenem!« Auch der Löwe, geschlagen mit ewiger Blindheit, versuchte es mit einem Brüllen, und bald wälzte sich der unselige Tartarin nach einem verzweifelten Kampfe auf dem Boden inmitten der Silberlinge und des Kehrichts.

In diesem Augenblick durchbrach ein Mann die Menge, schaffte die Neger durch ein Wort, die Frauen und Kinder durch eine Handbewegung fort, hob Tartarin auf, bürstete ihn ab, schüttelte ihn zurecht und setzte ihn, der ganz erschöpft war, auf einen Eckstein.

»Oh, Sie sind es, Först?«, sagte der gute Tartarin und rieb sich seinen Rücken. »Gewiss bin ich es, mein tapferer Freund! Kaum hatte ich Ihren Brief erhalten, da habe ich Baja ihrem Bruder anvertraut, habe Eilpost genommen, fünfzig Meilen im schnellsten Galopp zurückgelegt, und jetzt komme ich auf die Sekunde zurecht, um Sie den brutalen Händen dieses rohen Gesindels zu entreißen. Aber was haben Sie denn angestellt, gerechter Gott, um sich so eine unangenehme Sache auf den Hals zu laden?«

»Was wollen Sie, Först? Sollte ich ruhig zusehen, wie dieser unselige Löwe mit seinem Tellerchen im Maul erniedrigt wird, besiegt, angespien, kann ich es dulden, dass er zum Gelächter dieses ganzen muselmanischen Gelichters dienen soll?«

»Aber da sind Sie ganz und gar im Irrtum. Dieser Löwe ist für die Leute im Gegenteil ein Gegenstand der Achtung und der Verehrung. Er ist ein geheiligtes Tier, ein Insasse des großen Löwenklosters, einer Art von Wildwesttrappistenkloster, voll von Gebrüll und von Löwengeruch, wo besondere Mönche Hunderte von Löwen aufziehen und dressieren, um sie dann durch das ganze nördliche Afrika zu schicken, in Begleitung von Bettelbrüdern. Und die Gaben, welche diese Brüder empfangen, dienen zum Unterhalt des Klosters und seiner Moschee – und wenn die beiden Neger jetzt ebenso böse waren, so müssen Sie dies ihrer Überzeugung gutschreiben. Sie glauben nämlich, dass der Löwe, den sie führen, sie augenblicklich zerreißen werde, sobald auch nur ein einziger Groschen von den Gaben durch ihr Verschulden gestohlen oder verloren wird.«

Während Tartarin aus Tarascon diesen unwahrscheinlichen und dennoch authentischen Bericht anhörte, geriet er in Entzücken und zog die Luft mit behaglichem

Brummen ein. »Das, was mir am meisten an der ganzen Sache Spaß macht«, sagte er, wie um alles zusammenzufassen, »ist der Umstand, dass es unserem Bombonnel zum Trotz doch noch Löwen in Algier gibt.«

»Und ob es welche gibt«, antwortete der Prinz mit Enthusiasmus. »Von morgen an wollen wir in die Ebene von Scheliff, dort werden Sie etwas erleben!«

»Ja, wie denn, Först? Sie hätten die Absicht, mit mir zu jagen, Sie?«

»Himmelherrgottssakrament! Glauben Sie denn, ich lasse Sie allein im wüsten Afrika, da mitten unter den wilden Stämmen, deren Sprache und Gebräuche Sie nicht kennen? Nein, o nein, großer Tartarin, ich verlasse Sie nicht mehr. Wohin immer Sie gehen, ich werde Ihnen folgen.«

»O Först, Först!« Tartarin strahlte und drückte den kühnen Gregory an sein Herz und dachte mit Stolz an das Beispiel von Jules Gérard, Bombonnel und der anderen kühnen Löwenjäger, die sich ebenso wie er von fremden Fürsten hatten bei ihren Jagden begleiten lassen.

IV. Die Karawane marschiert

Am nächsten Morgen brachen schon in der ersten Dämmerstunde der trutzigliche Tartarin und der nicht weniger trutzigliche Fürst Gregory mit einem Gefolge von einem Halbdutzend schwarzer Lastträger auf und stiegen von Milianah in die Ebene von Scheliff hinab. Der Weg führte durch ein zauberhaftes Gelände voll von Jasmin, Tujapalmen, wilden Ölbäumen und Johannisbrotstämmen. Es ging dahin zwischen den Mauern kleiner Gärten, die den Eingeborenen gehörten, mitten durch eine Menge lustig sprudelnder Bäche, die murmelnd silberhell von Fels zu Fels herabsprangen. Eine Landschaft wie im Libanon.

Prinz Gregory hatte sich, abgesehen von der Last an Waffen, die er mit Tartarin teilte, noch mit einem großartigen und wunderbarlichen Képy beladen, das mit breiten Streifen in Gold von oben bis unten bestickt war, das ferner geschmückt war mit einer Garnitur von Eichenblättern in Silber. Diese Mütze gab Ihrer Hoheit das Aussehen eines mexikanischen Generals oder das eines Stationsvorstehers im tiefen Balkan.

Dieses verdammte Képy spannte unsern Helden ordentlich; und so erbat er sich vorsichtig eine Erklärung.

»So etwas muss man auf dem Kopfe haben, wenn man in Afrika reisen will«, sagte der Prinz und putzte dabei den Schirm der Mütze mit dem Ärmel ab, bis er noch einmal so hell glänzte. Und dann klärte er seinen nichts ahnenden Begleiter über die Riesenrolle auf, welche dieses militärische Würdenzeichen hier unter den Arabern spielt. Ein Képy beherrscht den Verkehr mit den Eingeborenen. Bloß von ihm geht ausschließlich ein heilsamer Respekt aus, dergestalt, dass die Zivilverwaltung gezwungen ist, ihre Angestellten alle mit Képys auszurüsten, und zwar vom Straßenwärter angefangen bis zum Steuerinspektor. Um Algier zu verwalten, genügt (ich gebe immer nur die Ansicht des Prinzen wieder) ein Képy. Man braucht keine großen Köpfe, nein, überhaupt keine Köpfe sind vonnöten. Das Képy tut denselben Dienst, ein schönes natürlich, mit breiten Streifen, das in seinem Glitzerglanz auf einer Fahnenstange aufgehängt wird wie ein Gesslerhut.

In diesem Sinne plaudernd und philosophierend, zog die Karawane ihren Weg. Die Lastträger mit ihren nackten Beinen sprangen unter affenartigen Schreien von Felsen zu Felsen. Die Waffenkisten klirrten, die Flinten leuchteten. Die Eingeborenen kamen vorbei und verbeugten sich bis auf die Erde vor dem magischen Képy ... Droben auf den Wällen von Milianah erging sich der Chef der arabischen Verwaltung mit seiner Gattin, um die gute Luft zu genießen; kaum hörte er das ungewohnte Getöse und sah zwischen den Zweigen die Waffen flimmern, als er an einen Handstreich dachte. Schnell ließ er die Zugbrücke herab, befahl Generalmarsch zu schlagen und versetzte unverzüglich die Stadt in Belagerungszustand.

Ein herrlicher Anfang für eine Karawanenreise!

Unglücklicherweise verschlechterte sich gegen Abend der Stand der Dinge. Einer von den schwarzen Gepäckträgern bekam furchtbares Leibschneiden, denn er hatte das Heftpflaster der Apotheke verschlungen. Ein anderer stürzte am Straßenrand halbtot zusammen, bis zur Bewusstlosigkeit besoffen vom Kampferspiritus, einem dritten, der das Reisealbum trug, hatten es die vergoldeten Schließen angetan; er war überzeugt, er trüge auf seinen Schultern das kostbarste Juwel von Mekka, und er brannte mit diesem in Windeseile in den Zaccar durch. Da musste man andere Saiten aufziehen. Die Karawane machte halt, und in dem von Sonnenstrahlen durchbrechenden Schatten eines alten Feigenbaumes hielt man Rat.

»Ich wäre dafür«, sagte der Fürst, während er (allerdings vergeblich) versuchte, eine Tablette Fleischextrakt m einem dreifach zusammengeschachtelten Patentkochtopf aufzukochen, »ich wäre also dafür, dass wir von heute Abend an auf die schwarzen Träger verzichten. Es findet in dieser Gegend nicht weit von uns ein arabischer Markt statt. Am besten ist es, wir halten uns dort auf und schaffen uns ein paar Bourriquots an.«

»Nein ... nur das nicht! Nie wieder Bourriquots!« unterbrach eiligst Tartarin, den die Erinnerung an das I-a-Pony schamrot gemacht hatte. Und der Heuchler fügte hinzu: »Wie sollen denn auch so kleine Tiere unser ganzes Gepäck tragen?«

Der Prinz lächelte: »Sie sehen, mein berühmter Freund, hier die Tatsachen nicht ganz richtig. So dürr und schäbig uns auch der algerische Zwergesel scheint, er ist von guten Eltern, wie man so sagt. Nur Kerle von seiner Konstitution halten so aus wie er ... Fragen Sie mal die Araber. Denn unsere Kolonialverwaltung ist folgendermaßen organisiert und aufgebaut: Ganz hoch oben, behaupten sie, die Araber, ist Seine Oberexzellenz, der Herr Gouverneur, mit seinem mächtigen Knüppel, den lässt er auf seinem Beamtenstab tanzen. Dieser lässt ihn, um sich zu revanchieren, auf dem Soldaten tanzen, dieser wieder auf dem Landbewohner, der wiederum auf dem Araber, der Araber lässt seine Wut an dem Neger aus, der Neger, die seine an dem Juden, und der Jude seinerseits lässt, den Knüppel auf dem Esel tanzen, und da der arme kleine Esel niemand hat, worauf er seinen Knüppel tanzen lassen könnte, so hält er seinen Rücken hin und nimmt alles auf sich. Da können Sie sich vorstellen, dass er Ihre Kisten auch noch schleppen wird.«

»Das ist alles gleich«, sagte Tartarin, »ich finde, dass rein ästhetisch unsere Karawane durch die Anwesenheit von Eseln nicht gewinnt ... Ich möchte etwas, wie soll ich's nur sagen, etwas ausgesprochen Orientalisches ... so zum Beispiel, wenn wir ein Kamel kriegen könnten ...«

»Eines? Hunderttausend!« sagte Ihre Hoheit, und man machte sich auf den Weg zu dem arabischen Markte.

Der Markt wurde nur wenige Kilometer entfernt in der Nähe des Scheliff abgehalten ... Da gab es fünf- bis sechstausend zerlumpte Araber, die da im Sonnenbrand umherwimmelten, während sie lärmend mitten zwischen Krügen mit schwarzen Oliven, Honigtöpfen und Säcken voll Spezereien oder Haufen von Zigarren schacherten. Da gab es große Feuer, an denen ganze Schafe rösteten, triefend von Butter; es gab Fleischerläden unter offenem Himmel, wo vollständig nackte Neger bis zu den Knöcheln im Blute wateten. Ihre blutbespritzten Arme handhabten kleine Messer, mit denen sie die an einer Stange aufgehängten Zicklein enthäuteten.

In einem Winkel ein Zelt, mit Flicken von allen Farben besetzt, darunter hockt ein arabischer Gerichtsschreiber, mit großen Büchern bewehrt, hinter seiner Brille, dort wieder ertönen aus einer Gruppe Schreie der Wut, es handelt sich um ein Roulettespiel, aufgestellt auf einer Getreidewaage, und die Kabylen treten sich dort beinahe den Bauch ein ... weiter unten hört man Trampeln, Freudenschreie und frohlockendes Lachen: Der Anlass ist ein jüdischer Kaufmann, der mit seinem Maultier eben in den Fluten des Scheliff mit dem Ertrinken kämpft ... Dazu Skorpione, Hunde, Raben – und Fliegen, nicht zu zählen, nichts als Fliegen überall ...

Nur ein Artikel fehlte zufällig: Kamele. Schließlich entdeckte man eines, das die M'zabiten los werden wollten. Es war ein wahres Schiff der Wüste, wie es im Buche steht, kahl, trübsinnig, mit langem Beduinenschädel, und sein Buckel hing dank zahlreichen Fasttagen schlaff auf die Seite, ein melancholischer Anblick.

Aber Tartarin fand es so schön, dass er am liebsten die ganze Karawane darauf placiert hätte. Immer die orientalische Manie! Das Vieh kniete nieder. Man machte die Ballen fest. Der Prinz fand seinen Platz an dem Halse des Tieres, Tartarin ließ sich des majestätischen Eindruckes wegen hoch auf den Buckel installieren, zwischen zwei Kisten gepackt. Da saß er, gab stolz und geruhig das Zeichen zum Abmarsch, während er mit edler Geste den ganzen Markt grüßte, der zusammengelaufen war ... Himmel und Hölle! Wenn *das* die Tarasconesen hätten sehen können!

Das Kamel richtete sich auf, setzte seine langen knotigen Beine in Schwung und legte los.

O Schreck! Nach wenigen Schritten schon merkt Tartarin, wie er blass wird, wie seine heldenhafte Chechia eine Positur nach der andern annimmt, wie sie es einst an Bord des »Zuaven« getan. Dieses gottverdammte Kamel schlingert nicht minder als eine Fregatte.

»Först, Först!«, murmelte der Tarasconese käsebleich, während er sich an dem spärlichen Haarwuchs des Kamelbuckels anklammerte. »Först, ich muss runter! Ich merk's ... ich merke ... ich mache ... ich mache Frankreich Unehre ...!«

Gut gesagt! Aber erst können vor Lachen! Das Kamel hatte Freilauf, niemand konnte es jetzt noch bremsen. Viertausend Araber liefen hinterher, die Beine nackt, gestikulierend und lachend wie Irrsinnige, sie ließen im Sonnenglanz sechshunderttausend (Tarascon!) blendende Zähne leuchten ...

Der große Mann aus Tarascon musste sich ergeben. Er sank traurig auf den Höcker zusammen. Die Chechia nahm alle Posituren ein, wie es ihr beliebte – und Frankreich ward Unehre angetan.

V. Auf dem Anstand nachts in einem Oleandergehölz

So romantisch auch dieser neue Aufzug war, unsere Löwentöter mussten darauf verzichten, ihn in derselben Form bis zu Ende durchzuführen mit Rücksicht auf die Chechia. Es ging also wie zuvor zu Fuße weiter, und die Karawane schlug sich in kleinen Tagesmärschen gemächlich nach dem Süden durch, der Tarasconese immer an der Spitze, der Montenegriner als Nachhut, und mitteninne das Kamel mit den Waffenkisten.

Diese Reife dauerte mehr als einen Monat. Während dieses Monats irrte der schreckliche Jäger immer einher auf der Suche nach Löwen, die sich nicht wollten finden lassen, und so wanderte man von einem Araberdorfe zum anderen in der unermesslichen Ebene des Scheliff quer durch dieses schauderhafte und zugleich urkomische Französisch-Algier, wo der Geruch des Ur-Orients sich mit einem starken Odeur nach Absinth und Kasernenhof vermählt, Abraham hier und Kommiss dort, Feenmärchen und Groteske in volkstümlichem Stil. So wie eine Seite Altes Testament, erzählt von dem Musketier XYZ. ... Sehr seltsames Schauspiel für Augen, die sehen können. Wir zivilisieren ein uraltes, schon mit allen Wassern (auch faulen) gewaschenes Volk, indem wir ihm unsere Laster beibringen. Es herrscht dort grausam und ohne Kontrolle die Autorität von Paschas, die sich im Vollgenuss ihrer Würde in ihr breites Ordensband der Ehrenlegion schnäuzen, und dieselben Paschas lassen ihren Leuten für ein Ja oder Nein Hiebe auf die Fußsohlen geben, wie es ihnen beliebt. Gewissenlos wird die Justiz ausgeübt von bebrillten Kadis, Tartüffs des Korans und des Buchstabens der Gesetze, die unter den Palmen von Orden und Auszeichnungen träumen, und die ihr Urteil genau so verkaufen wie der alte Esau sein Recht der Erstgeburt, nämlich für ein Gericht Linsen oder für einen Kusskuss, gut gesüßt. Dann haben wir hier Araberscheichs, kleine Schweine und Süfflinge, ehemalige Pfeifendeckel irgendeines Generals Yusuff, die sich in der netten Gesellschaft von Wäscherinnen aus Mahon in Champagner sternhagelvoll besaufen und dabei in gebratenem Hammel wüsten, während vor ihren Zelten der ganze Stamm vor Hunger krepiert und sich mit den Hunden um den Abfall der hochherrschaftlichen Küche rauft.

Und ringsum liegt weit und breit das Feld brach, das Gras ist verbrannt, die Büsche sind abgeholzt und kahl. Nur Dschungeln von Kaktus und Dorngestrüpp, siehe da, das ist die Kornkammer Frankreichs ... Eine Kammer ohne ein Korn, stimmt! Reich bloß an Schakalen und Wanzen. Die Dörfer ausgestorben, die Eingeborenenstämme sind wie von Sinnen, wohin sollen sie vor dem Hunger noch fliehen? So zeichnen sie ihren Weg mit Haufen von Kadavern. Hier und dort eine französische Niederlassung mit zerfallenen Häusern, unbestellten Feldern, Heuschreckenschwärmen in toller Wut, die alles ratzekahl fressen bis zu den Fenstervorhängen. Aber die Kolonisten sitzen in den Cafés rum, trinken wacker Absinth und disputieren über die besten Reformen und die geordnetste Verwaltung.

Das alles hätte Tartarin sehen können, wenn er sich die Mühe gegeben hätte. Aber er hatte sich mit Haut und Haar seiner Löwenmanie ergeben, und so marschierte er wie mit Scheuklappen stramm geradeaus, sah nicht rechts, nicht links, den Blick auf diese imaginären Bestien gerichtet, die nie erscheinen wollten.

Da das Patentzelt fest entschlossen war, nicht aufzugehen, ebenso wie der Fleischextrakt, sich nicht auflösen zu wollen, war die Karawane gezwungen, sich morgens und abends in den Dörfern der Eingeborenen aufzuhalten. Überall wurden dank dem Képy des Prinzen Gregory die Reisenden mit offenen Armen aufgenommen. Sie übernachteten bei den Agas in komischen Palästen, großen, weißen, fensterlosen Scheunen, wo folgende Gegenstände wie Kraut und Rüben durcheinander sich vorfanden: Nargilehs, Akajoukommoden, Teppiche von Smyrna und Patentpetroleumlampen, Koffer aus Zedernholz voll von türkischen Goldmünzen und Pendeluhren im Stil Louis Philippe. Überall gab man Tartarin üppige Feste, Diffas, Fantasias. Ganze Regimenter verpafften ihr Pulver ihm zu Ehren und ließen ihre Burnusse leuchten in der Wüstensonne. Freilich, wenn das Pulver verraucht war, kam der Aga an und präsentierte die Rechnung ... Das nennt man bei uns die berühmte arabische Gastfreundschaft ...

Aber Löwen? Nicht die Bohne. Ebenso wenig hier wie auf dem Pont Neuf in Paris.

Aber unser Held verlor den Mut dennoch nie. Er drang immer tiefer in den Süden, er verbrachte Tage, die Dschungel zu durchstöbern, mit dem Schaft seiner Flinte an die Zwergpalmen zu stoßen. Dazu machte er: »Frrrrt! Frrrrt!«, und zwar bei jedem Gehölz extra. Dazu kamen jeden Tag vor dem Schlafengehen so ein paar Stunden auf dem Anstand ... Verlorene Liebesmüh ... Keine Spur von Löwen.

Nun kam es, dass die Karawane einmal ein bläuliches Mastixgehölz gegen sechs Uhr abends durchquerte. Dicke Wachteln regten sich, träg von der Hitze, hier und da im Grase ... da glaubte Tartarin etwas zu hören ... ganz leise ... nur wie eine Ahnung des wunderbaren Brüllens ... weit hergetragen von dem Wind ... dasselbe Gebrüll, das er sooft in Tarascon gehört hatte hinter dem Zelt des Zirkus Mitaine. Zuerst glaubte unser Held zu träumen ... aber nach einer Sekunde begann das Gebrüll, zwar immer noch entfernt, dennoch deutlicher zu werden. Und gleichzeitig brach an allen Ecken und Enden in den Araberdörfern das Gekläff der Hunde los, und zu gleicher Zeit begann das Kamel, bis in seinen Höcker zu erschauern und vor Schreck zu zittern. Laut schepperten dabei die Konservenbüchsen und die Waffenkisten.

Kein Zweifel ... Der Löwe war es ... Schnell, schnell, auf den Anstand! Keine Minute zu verlieren!

Es passte gerade heute gut. Es gab da ein altes Marabut, das Grabmal eines Heiligen mit weißer Kuppel. Man sah die großen gelben Pantoffel des Heiligen aufbewahrt in einer Nische über dem Eingang, und im Innern lag eine Unmenge von Weihgeschenken durcheinander, da Fetzen von Burnussen, goldene Fäden, dort rote Haare, alles trieb sich wirr an den Wänden umher. Hier brachte Tartarin seinen Prinzen und das Kamel unter und machte sich auf die Suche nach einem passenden Anstand. Der Prinz wollte ihm folgen, aber Tartarin ließ dies nicht zu. Dem Löwen wollte er allein entgegentreten. Jedenfalls bat er den Prinzen, er möge sich nicht weit entfernen und (eine besonders kluge Vorsichtsmaßregel) vertraute Ihrer Hoheit sein Portefeuille an, das dick und voll war von Wertpapieren und Banknoten, denn er hatte Angst, diese könnten unter den Krallen der Bestie leiden. Dies getan, suchte der Held seinen Posten auf.

Zehn Schritte vor dem Marabut zitterte ein kleines Oleandergehölz in dem Dunst der Abenddämmerung. Nahebei fand sich ein beinahe ganz ausgetrocknetes Flussbett. Hier wollte sich Tartarin in den Hinterhalt legen, so wie er's in den Büchern gelernt hatte: ein Knie auf der Erde, Karabiner in die Faust und das Bowiemesser kühn eingegraben in den Wüstensand vor ihm.

Es kam die Nacht. Das Rosa der Natur wandelte sich in Violett, sodann in mattes Blau ... Da unten im verlassenen Flussbett leuchtete zwischen den Kieseln eine kleine Wasserlache wie ein Handspiegel. Das war die Tränke der wilden Tiere. Auf dem gegenüberliegenden Abhang sah man undeutlich den Wildpfad, den ihre schweren Pranken in dem Dorngestrüpp ausgetreten hatten. Dieser geheimnisvolle Abhang machte Gänsehaut. Dazu das unfassbare Raunen der afrikanischen Nächte, die unaufhörlich sich streifenden Zweige und Äste, der Samtpfotentritt der jagenden Tiere, das schrille Geheul der Schakale; und darüber, hoch in der Luft, so in zwei- bis dreihundert Mieter Höhe, ganze Schwärme von Kranichen, die vorbeiflogen mit Schreien wie von erdrosselten Kindern.

Sie werden gestehen, es konnte einen kalt überlaufen.

Und Tartarin überlief es. Sogar mächtig! Die Zähne klapperten, der arme Teufel! Und auf der Zielgabel, die er aus dem Griff seines in die Erde gesteckten Jagdmessers gebildet hatte, klapperte der Lauf seines gezogenen Gewehres wie ein Paar Kastagnetten ... Was wollen Sie? Es gibt Abende, an denen man nicht in Stimmung ist, denn wo wäre sonst ein Verdienst an der Sache, wenn die Helden nicht wüssten, was Angst ist?

Na, ist schon gut! Tartarin hatte eben Angst, und zwar ohne Unterlass. Nichtsdestotrotz, er hielt es eine Stunde aus, sogar zwei, aber der Heldenmut hat auch seine Grenzen. Jetzt aber, ganz nahe, hört plötzlich der Tarasconese einen Schritt, Kiesel rollen ... Diesmal reißt ihn die Angst hoch. Er knallt seine zwei Schüsse in die Luft, wie es gerade kommt, und rettet sich mit Windeseile in das Marabut und lässt sein Jagdmesser im Sande aufrecht stehen wie ein Gedenkkreuz zum Andenken an die schrecklichste Panik, die jemals die Seele eines Schlangenbeschwörers ergriffen hat! »Zu mir! Der Löwe!!«

Nichts.

»Först!! Först! Wo sind Sie? Sind Sie hier?« Er war nicht hier. Auf die weiße Mauer des Marabuts projizierte einzig und allein das Kamel den Schatten seines Höckers ... Der Prinz Gregory war getürmt, hatte das Portefeuille mit den Banknoten mitgehen lassen ... Länger als einen Monat hatte der Fürst auf eine so schöne Gelegenheit gewartet ...

VI. Endlich!

Am Morgen nach diesem abenteuerreichen und tragischen Abend erwachte unser Held zu früher Stunde. Als er die Gewissheit hatte, dass sein Prinz und seine Kasse auf Nimmerwiedersehen verschwunden waren, als er sah, wie einsam er war in diesem kleinen weißen Grabmal, verraten, verkauft und verlassen mitten im wüstesten Algier, ohne andere Gesellschaft als die des Kamels mit nur einem Höcker, und ohne andere Hilfe als ein wenig Kleingeld in der Tasche, da kam – zum ersten Mal in seinem Leben – den Tarasconesen ein Zweifel an. Er zweifelte am Montenegro, er zweifelte an der Freundschaft, am Ruhme auch, er zweifelte sogar an den Löwen. Und wie der Heiland auf Gethsemane begann er zu weinen, bitterlich.

Und so, als er in tiefem Sinnen dasaß vor dem Eingang in das Marabut, die Flinte zwischen den Beinen, den Kopf in die Hand gestützt und vis-a-vis das Kamel, das ihn anguckte – – da teilte sich die Dschungel ihm gegenüber, und Tartarin sah starr vor Schrecken zehn Schritte vor sich einen Riesenlöwen sich nähern, der mit hocherhobenem Haupt vorrückte und ein schauerliches Gebrüll ausstieß, unter dem die Mauern des Marabut erzitterten mit ihrem ganzen Flitter, und das sogar die Pantoffel des Heiligen in ihrer Nische erbeben ließ.

Das einzige, was nicht zitterte, das war der Tarasconese.

»Endlich!«, schrie er und sprang auf, riss die Büchse an die Schulter ... Piff! ... Paff! Pfft! Psst! Nun war's also geschehen. Der Löwe hatte zwei Explosivgeschosse im Schädel. Nun ging eine ganze Minute lang ein unbeschreiblich schreckliches Feuerwerk los von zersprengtem Gehirn, kochendem Blut und durcheinander wirbelnden rötlichen Fetzen des Felles. Dann sank alles in sich zusammen, und Tartarin sah ... zwei riesige Neger mit geschwungenem Knüppel auf ihn zulaufen, die zwei Neger aus Milianah.

O du meine Güte! Es war der dressierte Löwe, der arme blinde aus dem Kloster von Mohammed, den die Kugeln Tartarins hingemordet hatten.

Dieses Mal, beim Barte des Propheten, kam Tartarin gerade noch mit knapper Not davon. Die zwei Bettelneger waren in ihrer fanatischen Wut wie von Sinnen.

Sie hätten ihn in eine Million Stücke zerrissen, wenn nicht der Christengott ihm einen hilfreichen Engel gesandt hätte, um ihn zu befreien, denn es kam gerade der Flurhüter der Gemeinde von Orléansville mit seinem Säbel unter dem Arme auf einem kleinen Pfad einher.

Der Anblick des amtlichen Képy beruhigte mit einem Male die Wut der Neger. Friedlich und zugleich würdevoll nahm der Mann des Gesetzes den Tatbestand der Sache auf, ließ auf das Kamel das aufladen, was von dem Löwen noch übrig war, befahl sowohl den Klägern als dem Beklagten, ihm zu folgen, und so begab man sich nach Orléansville, wo die ganze Angelegenheit dem ordentlichen Gericht übergeben wurde.

Das war eine lange und schreckliche Prozedur. Das Algier der eingeborenen Stämme hatte Tartarin kreuz und quer durchstreift, nun sollte er ein anderes Algier kennenlernen, das genau so urkomisch und zugleich schreckenerregend war, das Algier der Städte, der Prozessschikanen und der Advokatenkniffe. Er lernte die schielende Rabulistik kennen, wie sie in dem Hintergrund von Kneipen geübt wird, indem man alle Parteien durcheinander hetzt, er lernte alle diese zweideutigen Rechtsgelehrten kennen, die Aktenbündel, die nach Absinth riechen, die weißen Krawatten, die mit Champoreau befleckt sind. Er lernte die Gerichtsdiener kennen, die Konzipisten, die Gerichtsvollzieher, die Rechtsanwälte, alle diese mageren und ausgehungerten Heuschrecken, welche den Bauern die letzte Mark aus den Knochen saugen und ihn abnagen, Blatt für Blatt, wie eine Maisähre ...

Vor allem handelte es sich darum, festzustellen, ob der Löwe auf staatlichem oder militärischem Boden sein Leben gelassen hatte. Im ersten Falle gehörte die Sache vor das Handelsgericht, im zweiten musste Tartarin vor das Kriegsgericht, und bei dem Worte Kriegsgericht sah sich der zartbesaitete Tartarin schon an einem Festungswall aufgestellt und zusammengeschossen oder wenigstens verschmachtend in den Tiefen einer Kasematte.

Die furchtbare Schwierigkeit ist dabei nur, dass in Algier diese beiden Territorien kaum richtig abzugrenzen sind. Ein ganzer Monat wurde ausgefüllt von Laufereien, von Winkelzügen, von stundenlangem Warten in der Sonnenglut der arabischen Gerichtshöfe, und schließlich kam es zu der Entscheidung, dass einerseits der Löwe auf militärischem Territorium sein Leben gelassen hatte, dass aber andererseits Tartarin bei der Abgabe des Schusses sich auf bürgerlichem Territorium befunden hatte. Die Sache gehörte demnach zum Zivilgericht, und unser Held wurde verurteilt zu zweitausendfünfhundert Franken Geldstrafe und zu den Kosten.

Aber wie sollte er es zuwege bringen, diese Riesensumme zu bezahlen? Die wenigen Piaster, die dem Prinzen nicht zum Opfer gefallen waren, waren schon längst draufgegangen für gestempeltes Papier und für Bestechungsschnäpse.

Der unglückselige Löwentöter war daher gezwungen, im Einzelhandel die Waffenkiste zu verhökern, Karabiner für Karabiner. Er schlug also die Dolche los, die malaiischen Kris, die Totschläger ... Ein Kolonialwarenhändler erwarb die Nahrungsmittelkonserven, ein Apotheker den Rest des Heftpflasters, auch die großen Stiefel folgten diesem Weg, das Patentzelt wanderte zu einem Kuriositätenhändler, der es als cochinchinesische Merkwürdigkeit ausstellte ... Und als Tartarin seine Schulden los war, blieb ihm nichts an Besitz als das Löwenfell und das Kamel. Die Haut ließ er sorgfältig einpacken und nach Tarascon an die Adresse des braven Kommandanten Bravida senden (wir werden gleich sehen, was aus dieser erstaunlichen Jagdbeute wurde). Was das Kamel betrifft, so rechnete er darauf, mit seiner Hilfe nach Algier zurückzukommen, aber nicht in dem

Sinne, dass er vorhatte, es zu besteigen, sondern es zu verkaufen, um mit dem Gelde die Eilkutsche zu bezahlen. Denn dies ist immer noch die beste Methode, mit Kamelen zu reisen. Aber unglückseligerweise war das Biest schwer anzubringen, und kein Mensch wollte auch nur einen schäbigen Heller dafür bieten.

Aber Tartarin hatte es sich in den Kopf gesetzt, er musste Algier wiedersehen. Er hatte Sehnsucht nach dem blauen, goldgestickten Wams seiner Baja, nach dem niedlichen Häuschen mit seinen Springbrunnen, er wollte sich erholen unter den weißen, kleeblattförmig ausgeschnittenen Bogengängen seines Klösterchens, und währenddessen wollte er auf Geld aus Frankreich warten. Und nun gab es bei unserem Helden kein Zögern mehr. Er war angeschlagen, aber nicht knock-out, und so wagte er die Reise zu Fuß ohne einen Heller Geld in kleinern Tagereisen. Selbst in diesen schweren Tagen verließ ihn das Kamel nicht. Dieses sonderbare Biest hatte für seinen Herrn und Meister eine unbeschreibliche Zärtlichkeit, und als es sah, dass er von Orléansville wegwanderte, begann es treu und bieder hinter ihm herzutraben, passte sein Tempo dem von Tartarin an und ließ nicht locker.

Im ersten Augenblick fand das Tartarin sehr rührend. Diese Treue, diese restlose Ergebenheit bei allen Proben machte Eindruck auf sein Herz, umso mehr, als das Tier ja keine Last war und mit einem Nichts zufriedenzustellen war.

Aber nach einigen Tagen ödete es Tartarin gewaltig an, stets diesen melancholischen Gesellen an seine Fersen geheftet zu wissen, der ihn immer und ewig an seine unglücklichen Abenteuer erinnerte. Dann wurde er richtig böse, er hasste das Tier wegen seines trübseligen Wesens, wegen seines Höckers, wegen des Gewatschels, das dem einer aufgezäumten Gans glich.

Um es mit einem Worte zu sagen, das Kamel ärgerte ihn bis aufs Blut, und er dachte nur daran, wie er es loswerden könnte. Aber das Tier war wie eine Klette. Tartarin versuchte, es zu verlieren, aber es fand ihn wieder. Er probierte es, ihm zu entlaufen, aber das Biest lief noch schneller. Er schrie es an: »Marsch fort!«, und warf es mit Steinen. Das Kamel blieb stehen und sah ihn mit traurigen Blicken an, es zögerte, aber nach einer Pause setzte es sich in Pass und kam ihm flink nach. So war es immer. Tartarin musste klein beigeben.

Aber dann, nach acht langen Tagen Fußmarsch, als er, Tartarin, staubbedeckt, mitgenommen, mehr tot als lebendig von Weitem durch das Grün die ersten weißen Terrassen von Algier sah, als er sich vor den Toren der Stadt fand, auf der wogenden, lebhaften Avenue de Mustapha, mitten zwischen Zuaven, Biskris, Mahonesen, die alle um ihn herumwimmelten und ihn mit seinem Kamel vorbeiparadieren sahen, da riss ihm mit einem Male die Geduld: »O nein, o nein«, sagte er, »es kann nicht sein, *ich* kann mit einem solchen Vieh nicht in Algier einziehen.« Und er benützte eine Stockung im Fuhrwerksverkehr, schlug einen Haken in die Felder und warf sich in einen Graben.

Nach einer Sekunde sah er über seinem Kopfe auf der großen Chaussee das Kamel mit Riesenschritten vorbeirennen, während es ängstlich den Hals ausreckte.

Nun war unser Held von einem Bleigewicht befreit. Er wagte sich aus seinem Schlupfwinkel hervor und kam nach seinem Häuschen zurück über einen engen, verwickelten Pfad, der an der Mauer der kleinen Villa vorbeizog.

VII. Pech und nochmals Pech

Nun war Tartarin endlich vor seinem maurischen Häuschen angelangt. Da blieb er stehen, aufs Höchste erstaunt. Es dämmerte. Die Straße war menschenleer. Durch die niedrige Tür mit ihrem Spitzbogen, welche die Negerin aus Versehen offen gelassen hatte, drangen lustiges Lachen, Gläserklirren, Stöpselknallen von Sektflaschen heraus – und den ganzen lustigen Klamauk übertönte die Stimme einer Frau, die in ihrer Herzensfröhlichkeit hell sang:

»Liebst du, o Marco, du Schöne,
Den Tanz im Blumensalon?«

»Tod und Teufel!!«, rief der Tarasconese. Er wurde weiß wie die Wand, und in rasender Eile stürzte er in den Hof.

O du mein armer Tartarin! Welch ein Anblick erwartet dich! Unter den Bogengängen seines Klösterchens, mitten zwischen Parfümflaschen, Zuckerkuchen, umhergeschmissenen Kissen, Pfeifen, Tamburinen, Gitarren, wen sah er da? Baja, die kerzengerade dastand, keineswegs mit blauem Leibchen und Miederlein bekleidet, sondern nur mit einem Hemdchen aus Silberschleiern und einem weiten Pluderhöschen aus zartrosa Seide, und so sang sie die Romanze von »Marco! Du Schöne!« und trug dabei die Mütze eines Seeoffiziers auf dem Köpfchen. Zu ihren Füßen lag, selig vor Liebesgenuss und Konfitürensüße, Barbassou, der dreckige Kapitän Barbassou, hörte ihr zu und platzte dabei beinahe vor Lachen.

Und vor ihnen erschien Tartarin, abgemagert, fahl, staubbedeckt, mit irrsinnig leuchtenden Augen, die Chechia gesträubt. So störte er einigermaßen diese nette türkisch-marseillesische Orgie. Baja stieß einen leisen Schrei aus wie eine erschreckte Windhündin, dann flüchtete sie sich ins Innere des Hauses. Barbassou aber verlor nichts von seiner Seelenruhe, sondern lachte aus vollem Herzen: »Oje! bé! Ojegerl! Nun, mein Herr Tartarin, was sagen's nun? Sehen Sie wohl, dass sie Französisch kann?«

Tartarin von Tarascon rückte wutentbrannt vor: »Herr Kapitän!«

»Digo-li qué vengué, moun bon!«, schrie die Maurin und beugte sich mit einer niedlichen spitzbübischen Bewegung über die Galerie des ersten Stockwerkes. Der gute Mann blieb starr vor Staunen. Er ließ sich auf eine Trommel niederfallen. Seine Maurin hatte sogar den Marseilleser Akzent weg!

»Ich habe es Ihnen doch gesagt, Sie sollen sich mit den algerischen Weibern nicht einlassen! Das ist dieselbe Sache wie mit dem Prinzen aus Montenegro!« sagte der Kapitän.

Tartarin hob das Haupt: »Sie wissen, wo sich der Prinz befindet?«

»Und ob! Er ist gar nicht weit von hier. Hat auf fünf Jahre im schönen Zuchthaus von Mustafa Quartier genommen. Der Lumpenkerl hat sich erwischen lassen mit der Hand in einer fremden Tasche. Übrigens hat man ihn nicht zum ersten Mal gefasst. Ihre Hoheit hat bereits drei Jahre zurückgezogenes Leben hinter sich da in ..., ja, ich entsinne mich doch, war es nicht Tarascon?«

»Tarascon!«, schrie Tartarin, dem plötzlich ein Licht aufging. »Deshalb kannte er sich in der Stadt so schlecht aus!«

»O ja! Das wird schon so sein! Tarascon aus der Zuchthausperspektive! Oje, mein lieber, armer Herr Tartarin! Man muss in diesem Teufelsland ordentlich die Augen aufmachen, sonst hat man unangenehme Überraschungen zu gewärtigen. So ist da Ihre Geschichte mit dem Muezzin.«

»Muezzin? Was soll das heißen? Was für ein Muezzin?«

»Alle verdammten Teufel! Natürlich der Muezzin von dem Turm da gegenüber, der unserer Baja den Hof gemacht hat. Die Zeitung »Akbar« hat die Geschichte am nächsten Tag gebracht, und heute noch lacht sich Algier darüber krank. Es ist auch zu drollig, der Muezzin hier singt von oben seine Gebete ab und macht auf diese Weise vor Ihrer Nase der Kleinen den Hof, bespricht mit ihr die Rendezvous, während er scheinbar den Namen des Propheten anruft.«

»Also gibt es nur Lumpengesindel im Lande hier?«

Barbassou machte eine philosophische Handbewegung: »Sie wissen, mein Lieber, alle diese fremden Länder ... aber es ist wurscht. Folgen Sie mir, sehen Sie zu, dass Sie nach Tarascon zurückkommen.

»Zurückkommen, das ist leicht gesagt. Und wo habe ich das Geld dazu? Sie wissen also nicht, wie man mir die Federn gerupft hat in der Wüste?«

»Wenn's weiter nichts ist!«, sagte der Kapitän lachend. »Morgen sticht der ›Zuave‹ in See, und wenn Sie wollen, bringe ich Sie heim. Passt es Ihnen, Kollege? Also, das wäre in Ordnung. Da sind noch ein paar Gläser Sekt geblieben, ein Rest Pastete, setzen Sie sich zu mir, und nichts für ungut!«

Nach einer kleinen Anstandspause, die ihm sein Gefühl für Würde empfahl, ging der Tarasconese mannhaft darauf ein. Man setzte sich, man stieß an. Bei dem Gläserklirren hatte Baja Mut bekommen, war heruntergestiegen, und nun sang sie das Ende von *»Marco, la belle«*, und das Fest zog sich bis spät in die Nacht hinaus.

Gegen drei Uhr morgens hatte Tartarin zwar einen leichten Kopf, aber schon etwas schwere Beine. Er hatte den Kapitän heimbegleitet und kam jetzt auf dem Heimwege an der Moschee vorbei. Da machte ihn die Erinnerung an den Muezzin und seine Scherze lachen. Plötzlich blitzte ihm eine famose Idee, wie er sich rächen könne, durch das Gehirn. Die Tür war offen. Er trat ein, kam durch lange Korridore, die mit Matten belegt waren, stieg empor, höher und immer höher; und endlich fand er sich in einer kleinen türkischen Gebetsstube. Eine schmiedeeiserne Laterne hing an der Decke und zeichnete sonderbare Muster auf die weißen Wände. Auf einem Sofa saß der Muezzin mit seinem riesigen Turban und einem weißen Pelzrock, vor sich hatte er ein großes Glas frischen Absinth stehen, in dem er treu und bieder herumrührte, während er auf die Stunde wartete, die Gläubigen zum Gebet zu rufen. Im Munde hatte er seine Pfeife von Mostaganem, die er beim Anblick Tartarins vor Schreck fallen ließ.

»Geistlicher Herr, bitte, halt's Maul!«, sagte der Tarasconese, der seinen Plan hatte: »Schnell, gib deinen Turban her, deinen Pelzmantel!«

Der türkische Geistliche zitterte an allen Gliedern, er gab Turban und Pelz ab, alles, was man wollte. Tartarin tat sich alles um und begab sich würdevoll auf die Plattform des Minaretts.

Ferne leuchtete das Meer. Die weißen Dächer glitzerten im Mondenschein. Die Brise zog von der Seeseite her und trug ein paar späte Gitarrentöne auf ihren Flügeln herüber. Der Muezzin aus Tarascon sammelte während einer Sekunde seine Lebensgeister, und dann begann er, mit überlauter Stimme zu psalmodieren:

La Allah il Allah. Mohammed ist ein alter Schwindler. Der Orient, der Koran, die Bagaschas, die Löwen, die Araberinnen, alles das ist einen Dreck wert. Und es gibt keine Törken mehr. Es läuft nur noch Lumpengesindel hier zusammen. Hoch Tarascon!«

Und während in einer neuerfundenen bizarren Sprache, halb Provenzalisch und halb Arabisch, der berühmte Tartarin seine lustige Verfluchung des Orients in alle vier Weltgegenden ausposaunte, hinaus auf die Berge, auf das Meer, auf das Gebirge, bis zum fernsten Horizont, da antworteten ihm die andern Stimmen der Muezzins, hell und tief, von Minarett zu Minarett, immer weiter in die Ferne, und die letzten müden Gläubigen der Oberstadt schlugen sich fromm an die Brust.

VIII. Tarascon! Tarascon!

Mittag. Der »Zuave« steht unter Dampf, es geht bald los. Oben auf dem Balkon des Cafés Valentin stellen die Herren Offiziere das Fernrohr ein und treten dann, der Herr Oberst zuerst und dann die anderen nach ihrem militärischen Rang an das Fernrohr heran, um das glückliche kleine Schiff abfahren zu sehen. Das ist der große Moment, das ist die schönste Freude für die Herren vom Generalstab. Weiter unten leuchtet die Reede. Die Verschlussstücke der alten Türkengeschütze, die den Kai entlang eingegraben sind, funkeln herrlich in der Sonne. Die Passagiers drängen sich. Biskris und Mahonesen laden das Handgepäck in kleine Boote.

Tartarin aus Tarascon hat kein Handgepäck, er nicht. Eben kommt er, begleitet von seinem Freunde Barbassou, die *rue de Marine* herab und überquert den »Kleinen Markt«, der voll ist von Bananen und Pistazien. Der unglückselige Tarasconese hat im Lande der Mauren seine Waffenkiste und seine Illusionen gelassen, und jetzt ist er dabei, nach Tarascon zu segeln, die Hände in den leeren Taschen. Aber kaum ist er in die Barke des Kapitäns gesprungen, als ein großes Tier ganz außer Atem daherkeucht, von dem hochgelegenen Platze stürzt es herab und stracks kommt es in schnellem Galopp auf ihn zu. Das Kamel ist es, das getreue Vieh, das seit vierundzwanzig Stunden seinen Herrn und Meister in Algier sucht.

Als Tartarin es erblickt, wechselt er die Farbe, er tut, als hätte er es nie gesehen, aber das Vieh weiß, was es will. Es zappelt den ganzen Kai entlang. Es ruft seinen

Freund, es sieht ihn voll Zärtlichkeit an: »Nimm mich doch mit«, scheint sein trister Blick zu sagen, »nimm mich doch in die Barke, ich möchte weit weg von diesem Arabien aus bemaltem Pappendeckel, dieser scheußlichen Kulisse, weg aus diesem lächerlichen Orient, voll von Lokomotiven und Postkutschen, wo ich – ein Dromedar zweiter Güte – nicht weiß, was aus mir werden soll. Du bist der letzte Törk, ich das letzte Kamel. Wir wollen uns nie mehr verlassen, mein lieber Tartarin, du!«

»Das Kamel gehört wohl Ihnen?«, fragte der Kapitän.

»Ganz im Gegenteil«, antwortete Tartarin, der schon bei dem Gedanken, mit einem solchen Vieh Einzug in Tarascon zu halten, zitterte.

Er verleugnet, ohne sich zu schämen, den Genossen seiner Schmach, er stößt mit dem Fuße ab von der Scholle Algiers und gibt der abfahrenden Barke noch einen Stoß. Das Kamel schnuppert nach der Wasserfläche, es reckt seinen Hals, lässt seine Gelenke knacken und stürzt sich Hals über Kopf hinter der Barke ins Wasser und schwimmt vorsichtig neben der Barke nach dem »Zuaven« zu, sein höckeriger Rücken ragt wie eine leere Kürbisflasche über das Wasser, und sein langer Hals erhebt sich kühn wie der Schnabel einer Trireme über die Flut.

Barke und Kamel legen gleichzeitig an dem »Zuaven« an.

»Schließlich, ich muss sagen, mir tut dieses Kamel leid«, sagte der Kapitän sehr gerührt, »fast hätte ich Lust, das Biest an Bord zu nehmen. Wenn wir nach Marseille kommen, kann ich es dem zoologischen Garten zum Geschenk machen.«

Man brachte nun das Tier unter großem Aufwand von Winden und Flaschenzügen an Bord. Es war durch das Meerwasser noch schwerer geworden. So – und nun konnte der »Zuave« in See stechen.

Die zwei Tage Überfahrt verbrachte Tartarin mutterseelenallein in seiner Kabine, nicht, weil das Meer stürmisch gewesen wäre und die Chechia zu viel hätte ausztustehen gehabt, aber da war dieser Satan von Kamel, der schmeichelte in geradezu lächerlicher Weise um seinen Herrn und Meister herum, sobald dieser nur seine Nasenspitze außerhalb der Kabine zeigte. Man hat ein so zudringliches Kamel nie gesehen wie dieses, das seinen Herrn zum Gespött machte. Manchmal guckte Tartarin aus dem Kabinenfenster heraus, da sah er, wie allgemach das Blau des algerischen Himmels blass und blässer wurde. Endlich schwebte eines Morgens ein Silbernebel über dem Wasser, und er hörte mit einem unbeschreiblichen Glücksgefühl alle Glocken von Marseille läuten. Man war angelangt; der »Zuave« ging vor Anker.

Ohne einer Menschenseele ein Wort zu sagen, verkrümelte sich unser Held von Bord. Gepäck hatte er nicht. Er strich in aller Eile durch die Straßen von Marseille, in Angst, das Kamel könnte ihm nachgekommen sein. Er atmete erst auf, als er sich in einem Abteil dritter Klasse häuslich eingerichtet hatte und flott gen Tarascon rollte. Aber nichts war trügerischer als dieses Gefühl der Sicherheit. Kaum ist der Zug zwei Weilen von Marseille, da sind die Fenster der Häuser gestopft voll von Menschen. Man schreit, man ist außer sich. Tartarin guckt nun auch auf, und was sieht er? Himmel und Hölle, das Kamel. Du lieber Gott, das unverwüstliche Vieh, das auf dem Bahndamm da mitten in der südfranzösischen Ebene hinter dem Zuge einhersetzt und ihm ganz gut nachkommt! Tartarin war wie vom Donner erschlagen. Er drückte sich in eine Ecke und schloss die Augen.

Nach dieser jammervollen Expedition hatte er wenigstens auf eine, wenn auch sang- und klanglose, so doch unbeobachtete Heimkehr gerechnet. Aber die Anwesenheit dieses sperrigen Vierfüßlers machte dies zu einem Ding der Unmöglichkeit. Wie heimkommen?! O du meine Güte! Nicht ein Pfennig, keinen einzigen Löwen, nichts ... nur ein Kamel! »Tarascon! Tarascon!«

Alles aussteigen!

Aber welche Fügung des Schicksals! Kaum hatte sich die Chechia des Heros in der Tür des Abteils gezeigt, da donnerte ein gewaltiger Ruf los:

»Hoch Tartarin! Er lebe hoch, hoch, hoch!« Die Scheiben der Bahnhofshalle zitterten und klirrten. »Hoch der Löwentöter!« Trompeten schmetterten los, Gesangvereine sangen Tusch ... Tartarin war einer Ohnmacht nahe. Er glaubte an einen schlechten Witz. Aber nein! Ganz Tarascon war auf den Beinen, alles schmiss die Kappen in die Luft, alles jubelte ihm zu. Hier war der brave Kommandant Bravida, der Büchsenmacher Costecalde, der Präsident und das ganze edle Korps der Mützenjäger, alles schart sich um ihren Chef und trägt ihn im Triumph die lange Bahnhofstreppe herab.

Das ist doch eine wunderbare Spiegelung?!

Die Ursache des ganzen Aufsehens war das Fell des blinden Löwen, das Tartarin an Bravida gesandt halte.

Aber dieses weiter nicht aufregende Stück Fell, das man erst im Klub ausgestellt hatte, war den Tarasconesen zu Kopf gestiegen. Den Tarasconesen zuerst und dann dem ganzen Süden. Der »Semaphore« hatte seine Stimme erhoben. Man hatte ein ganzes Drama erdichtet. Es war nun nicht mehr *ein* Löwe, den Tartarin gefällt, es waren so ein Stücker zehn, zwanzig Löwen, es war ein ganzes Rudel Löwen. Daher war Tartarin, ohne es zu wissen, schon ein berühmter Mann, als er in Marseille das Schiff verließ, und eine enthusiastische Depesche hatte seine Ankunft zwei Stunden vorher in seiner Heimatstadt angekündigt.

Aber ein besonderer Umstand brachte die Freude des Volkes auf den Siedepunkt: Man sah hinter dem Heros ein fantastisches Tier, staubbedeckt und schweißtriefend erscheinen, das wackelnd wie der Klöppel einer Glocke die Bahnhofstreppe herabkam. Tarascon glaubte einen Augenblick lang, sein mythologisches Ungeheuer, die Tarasque, sei wiedergekommen.

Tartarin beruhigte seine Landsleute.

»Nur mein Kamel«, sagte er.

Und schon begann die Sonne von Tarascon zu wirken, diese schöne Sonne, die Mutter von so viel naiven Lügen, und er sagte, während er den Buckel des Dromedars streichelte: »Das ist ein erstklassiges Tier ... Es war immer dabei, wenn ich meine Löwen tötete.«

Daraufhin nahm er leutselig den Arm des Kommandanten, der in seiner Herzensfreude errötete, und dann begab er sich, gefolgt von seinem Kamel, umschwärmt von den Mützenjägern, unter den Jubelrufen des ganzen Volkes in aller Seelenruhe in das Haus mit dem Baobab – und schon auf dem Wege dahin begann er das Epos seiner großen Jagd: »Stellen Sie sich mal vor, wie ich da eines Abends mitten in der wüsten Sahara ...«